私たち、まだ人生を1回も
生き切っていないのに

小林エリコ

幻冬舎

私たち、まだ人生を1回も生き切っていないのに

目次

第二部

孤独から抜け出すまで

ブックデザイン　千葉佳子（kasi）

はじめに

死ぬほどさみしかったし、今もさみしいけど、生きてます

私の一番古い思い出は、幼稚園に行きたくなくて、母にしがみついていたことだ。ギャーギャーと泣き喚き、行きたくないと必死で訴えたが、母は許さず、私はぐずりながら幼稚園に行った。もちろん、その日に突然行きたくなくなったわけではなく、ずっと幼稚園が嫌いだった。家族以外の他人と過ごす幼稚園は決まり事も多いし、嫌な人が多かった。

家に帰ると私は決まってテレビを見た。ＮＨＫ教育テレビの「おかあさんといっしょ」が大好きで、じゃじゃまるとぴっころとぽろりが仲良く遊んでいるのを見て、ほっとしていた。私にとって友達のいる楽しい世界はテレビの中のフィクションだった。

小学校に上がっても、放課後は家に帰るとテレビをつけて、その前に座り込む。私が大好きだったのは「できるかな」というやはりＮＨＫの教育番組で、ゴン太くんという着ぐるみとノッポさんという男の人が色んな工作をして披露するという番組だっ

た。私は「できるかな」を毎回欠かさず見ていたが、母は、学校から帰ってきても誰とも遊ばない私のことがとても心配だったようだ。

いつものように「できるかな」を見ようとテレビの前に座った時、団地の下にある公園から、近所の子が大声を出して私を呼んだ。

「エリコちゃん、あーそーぼー」

最後に友達と公園で遊んだのがいつだったか思い出せない。なぜ、突然呼ばれたのかもわからない。私は嬉しかったけれど「できるかな」が始まるので公園に行きたくなかった。断ろうとしたら「何言っているのよ！　せっかく呼んでくれているのよ。遊びに行きなさい！」と母は怒鳴った。「でも、『できるかな』が始まっちゃうもん」私が駄々をこねると、「録画しといてあげるから」と母は言った。私は母に「必ず録画してね！」と念を押し、公園に向かった。公園には近所に住んでいる同い年の女の子が二人いて、一緒にかくれんぼや色鬼などをやった。久しぶりに公園を走り回り、くたくたになって帰宅した。私は真っ先に「『できるかな』録《と》っておいてくれた？」と母に尋ねたが「録れなかった」と言う。私はそれを聞いて猛烈に怒った。

「なんで！　どうして？　絶対録っといてねって約束したじゃん！」

するとと母は、

「だって、ずっと歌が流れているんですもの。オープニングテーマだと思って録画ボタンを押さないでいたら、終わっちゃったのよ」

私はすかさず、

「『できるかな』はバックに歌がずっと流れている番組なの！」

と怒鳴った。

私はそれから、母を信用できなくなり、友達から呼ばれることがあっても、もう遊びに行くもんかと心に決めた。

私は友達と遊ぶよりも、テレビや漫画やアニメの方が大事だった。そして、そんな私は、運動が苦手でどんくさかった。バスケの時間にゴールへボールを投げれば、バウンドして自分の頭にあたり、バレーをする時は、ただ突っ立ってウロウロしているだけだった。そんな私をクラスメイトはバカにして笑った。


中学生になったが、小学校からの顔ぶれがほとんど同じ中学に進学するので、憂鬱だった。

私は一人でいる時間がますます増え、黙々と絵を描いたり、本を読んだりすることを好むようになった。それでも、一応美術部に在籍していたので話せる人が数人できたが、それ以上の関係にはならなかった。部活にはたまに顔を出していたが、学校が終わるとすぐに家に帰り、ずっとゲームをしていた。

ある日、クラスに女の転校生がやってきて、カースト最下位の私に声をかけてくれた。しばらく仲良くしていたが、いつの間にかカースト上位の子と仲良くなって去っていった。私のところには、そういうふうに他のグループに入れてもらえない子や、何か失態をさらして仲間外れにされている子がやってくるようになった。私はやってくるその子たちを全て受け入れたが、彼女たちは私が必要じゃなくなると去っていくのだった。

そんな状態の日々が寂しくて、私は海外文通を始めた。覚えたばかりの英語で見知らぬ海外の人に手紙を書いた。「趣味は何ですか?」「どんな暮らしをしていますか?」送った先はスウェーデン、エジプト、中国。返事が来ると嬉しくて、辞書を引きながら手紙を読んだ。しかし、しばらくすると返事が来なくなった。それきり海外文通はやめてしまった。

高校生の時、電話ボックスに「いのちの電話」の張り紙を見つけ、私はそこによく電話していた。この頃、私はほとんど毎日死ぬことを考えていた。受話器の向こうの見知らぬ相手に自分の苦しみを吐露《とろ》していた。しかし、いくら相談員に話をしても、話を聞いてくれている気がしなかった。

いつものように話をしている時、相談員が突然言った。

「あなたは子供が好きだと思うから、そういう仕事に就いたらどうかしら？」

なぜ、そんなことを言うのかわからなかったし、私がやりたいことは子供と向き合う仕事じゃなかった。私は怒りと悲しみがごちゃ混ぜになった感情のまま受話器を勢いよくガチャリと置いた。

夜の八時の公衆電話のあたりは街灯がポツポツとまばらにあるだけで、人通りも少ない。トボトボと家路を辿りながら、頭上の星々を眺めていると、胸の奥の空洞にヒュウと乾いた風が吹いた。私はこの世界で一人ぼっちだった。


それからというもの、私は本の虫になった。自分の孤独をどうにか解消したかったからだ。ショーペンハウエルの『自殺について』、瀬戸内寂聴の『ひとりでも生きられる』など、「孤独」や「自殺」、そういったテーマの本ばかり読んだ。

一人で生きていくにはどうしたらいいのか、いつもそればかり考えていた。しかし、答えは見つからなかった。


私は高校生の時、不登校のクラスメイトと仲が良かった。たまにその子が登校した時に自分から話しかけた。そういう子となら仲良くなれそうな気がしたのだ。その子は楽しい人であったけれども、私を振り回す人でもあった。自殺未遂をして入院したと電話があった時、急いで入院先に向かったのだが、私のお見舞いの品を彼女は気に入らず、不機嫌そうにしていた。

私は彼女とよく長電話をしていたのだが、彼女は時々、私を責めることを言った。私はなんだかよくわからないけど謝った。友達がいない私には話し相手がいなかった。彼女を失ったら、電話をする相手がいなくなるのが怖かったのだ。

私は短大に進学し、彼女は卒業できなくて、留年をした。彼女はその後も何回か精神科に入院して私はその度にお見舞いに行った。それからしばらくして、とうとう私自身も精神科に入院することになった。彼女に入院したと伝えたかどうか覚えていない。ただ、彼女はお見舞いにも来なかったし、手紙もくれなかった。

寂しい時が続くと、どんな人でもいいから、そばにいて欲しいと思ってしまう。私は彼女からひどい扱いを受けても、一人でいるよりはずっとマシだと思っていた。

精神科を退院して、実家に引きこもっている私のところに、彼女から月に一回くらい彼氏とのプリクラが貼られたハガキが送られてくるようになった。母はそれを見て「嫌味な子ね」とイラついていたが、私は友達が幸せで良かったと素直に思った。

彼氏が遠方の大学に進み、一人暮らしを始めると、いつの間にか彼女は彼氏の家で暮らすようになった。彼氏がいない間にリストカットをしていたところ「君が切るのを止《や》めないと、僕も自分の腕を切る」と言って彼氏は泣きながら腕を剃刀《かみそり》で切った。

そのことを彼女はまるで日常の当たり前の出来事のように話す。私は彼氏が可哀想だと思ったけれど、そのことは口にしなかった。そして、実家を出て彼氏の家で堂々と暮らしている彼女は、実家で引きこもっている私より上の存在だという気がした。けれど、彼女に「甘えている」とか「努力が足りない」と言われ続けて辛くなり、自分の方から彼女の連絡先を削除した。

引きこもりの私には、話し相手が母親くらいしかおらず、途方に暮れていた。時折、人生に絶望して自殺未遂をした。その後、精神科に入院して、そこで話せそうな患者さんがいると、私は嬉しくなって自分のことを話した。

初めて行った精神科の医者がひどい医者だったこと、過去に働いていた編集プロダクションのこと、初めてできた彼氏からひどい扱いを受けたこと。今思えばそれら全ては、私がずっと無視してきた心の奥の方にある「人と話したい、理解されたい」という欲望の表れだった。幼い頃から一人でいることが多かったけれど、私は強烈に他者の存在を欲していた。友人だけでなく、好きな人の関心を引きたかった時期もある。ただ、早いうちに人間関係で失敗した経験が後まで響き、他人と親密な関係を築くことに消極的になっていた。

しかし、精神科を退院してからは、学校や育った地域から飛び出して、人と積極的に会うようになった。ストリッパーをしていたり、漫画家をしていたり、文章で生計を立てている人。彼ら、彼女らと話していると、自分の中に閉じ込められていた言葉が解放されていく。私はたくさん話し、語ることによって自分の形を取り戻していった。

最初の自殺未遂から三十年近く経ち、その三十年の間に新しい出会いがたくさんあった。そして、自殺未遂をする前の友人とも時間が経ってから再会することができた。あの時死んでしまっていたら、会うことのできない人がたくさんいたことを考えると、死んでしまうのは少しもったいない気がする。死ぬということは自分の命を失う以外にも、新しい人との出会いや、未来の可能性を捨てる行為だとようやくわかった。

生きることは誰だって不安だ。お金がないと良い未来が描けないし、家族と仲が悪いとそれが自分の足枷《あしかせ》になったりする。子供の頃は、自分の力で食べていくことができないので、嫌いな家族でも、我慢して暮らさなければならない。また、人間関係においても自分の利益のために付き合っていると、息が詰まりそうになる。それに比べて、ただ信頼だけで繫がれる友人という関係はとても貴重だ。そんな彼ら、彼女らの存在はいるだけでとても心強い。

長い人生という船旅を進む中で、私と並走している友人の船が見えると安心する。

船から旗を上げ合図を送る。君は元気か。私は元気だ。エールを送り合うだけで、ただ、そこにいるだけで、私たちはお互いの生きる糧になっているのだ。

第一部

人付き合いが誰よりも苦手だったあの頃

毎日一人ぼっちで生きていて、楽しいはずがない。

嫌われても、蹴飛ばされても、バカにされても、自分の孤独を打ち消すために必死に人を求め、もがいていた。

初恋は人を狂わせる

私が小学六年生の時、峰田君というクラスメイトがいた。峰田君は勉強が飛び抜けてできて、運動神経も抜群で、顔つきも精悍《せいかん》で、こんな茨城の田舎の学校にいるのがおかしいいような子だった。

峰田君は当たり前のように、学級委員長に推薦されて、名札の上には委員長のバッジをピカピカと光らせていた。峰田君が少しふざければ、クラス中どっと笑いの渦に巻き込まれ、授業中なのに先生ですら笑っていた。いつもクラスの中心にいて、峰田君の周りには人が集まり、そこだけ光が当たっているかのようだった。

その頃の私は、クラスでいじめに遭っていた。当時、兄と一緒にお風呂に入っていたのだが、勝手に体を触られたり、兄の性器を押し付けられたのがきっかけで、お風呂には一ヶ月に一度くらいしか入らなくなっていた。そのため、肩の上には常にフケが積もり、クラスメイトの嘲笑のネタになっていた。休み時間は誰とも話すことなく、机に向かって黙々と絵を描いていた。

大きな眼鏡をかけて、俯《うつむ》いていつも一人で過ごしている私は、人気者の峰田君のことが気になっていた。そして、それは私だけじゃなくて、多分、クラスの女子のほとんどが、同じだった。時々、クラスの女子が校庭でドッジボールをしている峰田君を見ながらキャアキャア騒いでいたし、色っぽい噂話にも登場した。私はその中に入ることすらできない、ドブのような人間だった。

授業中、峰田君が肘《ひじ》を机について、肩のあたりに手をやっていた。それを見た先生が、手を挙げていると勘違いし「峰田君」と指した。峰田君は、ふふっと笑って「違いますよ、先生。ちょっと肘をついていただけで、手を挙げたんじゃないです」と堂々と答えた。すると、クラス中が笑いに包まれて、先生は恥ずかしそうに頭を掻いた。「紛らわしいことするなよ。まったく」そう言った先生の顔は少しも怒っていなかった。

それから、しばらくの間、峰田君の真似をするのが流行《はや》った。授業中に肘を机に置いて、手を挙げているフリをする子が何名か現れた。先生はそれを見て「峰田君の真似、しないように」と軽く注意をした。私もそれとなく、肘を机につけて、先生が注意してくれるのを待っていたけれど、注意されることはなかった。

ある日、漫画のコピーを下敷きに入れている私に向かって、クラスの男子がこう言ってきた。

「それって、違法なんじゃねえの？　漫画を勝手にコピーするのって、ダメだろ」

それが違法かどうか、子供の私にはわからなくて、黙り込んだ。彼は私のことが嫌いだから、そういうことを言ってくるのだろう。多分、同じことを峰田君がやっていたら、何も言わない。もちろん、峰田君が私のようなオタク趣味丸出しのことをやるはずもないが。

その男子は、私のやっていることが相当気に入らなかったらしく、わざわざ先生に告げ口した。先生は「それは別に違法じゃない」とはっきり言った。すごすごと帰ってくる男子の姿を見て、私は本当に嫌われているのだとわかった。

生まれて初めての「好き」という気持ち

図工室で、絵を描いている時、峰田君と近くの席になった。私はドキドキしながら絵を描いた。峰田君は優等生なので、勉強も運動もできる上に、絵も上手だった。峰田君の肌は日に焼けていて浅黒く、目は大きくパッチリとしていて、眉毛は太く凛々しい。どうして、こんな完璧な生き物がこの空間にいるのだろう。私は近くにいる峰田君をチラチラ見ながら２Ｂの鉛筆をせわしなく動かした。

峰田君を前にすると、私は心臓がドキドキして、落ち着かなくなる。私はきっと、峰田君のことが好きなのだろう。そして、それは絶対に誰にも知られてはいけない秘密だった。私のような最下層の人間が、クラスの頂点に立つ峰田君を好きだなんてことがバレたら、学校に行くことができなくなるのは目に見えていた。

私は下描きを終え、絵の具を出して、着色に入った。肌色を作るのに、茶色の絵の具と、白の絵の具、それに赤い絵の具を少し出した。黄色の絵の具も出そうとしたのだが、蓋の周りの絵の具が乾いて固まっていて、開けようとしてもどうしても開かない。パレットには指を入れる穴の他に絵の具の蓋が開かなくなった時のための穴が空いている。その穴に蓋の部分を差し込んで本体をくるっと回すと軽い力で開けられるようになっているのだ。

しかし、私のパレットでそれを試しても、なぜかうまく開かない。困った私は散々悩んで、隣にいる男子に「パレットの穴の部分、貸してもらえる？　私の絵の具、開かなくて……」とお願いした。隣の子は一言「ヤダ」と言ってプイッとそっぽを向いた。私が肩を落としていると、峰田君が口を開いた。

「それくらい貸してやれよ」

その瞬間、時が止まったような気がした。私みたいないじめられっ子をかばうのが信じられなかった。しかし、きっとそれが、彼が人気者である理由なのだ。その子は峰田君に言われても、私にパレットを貸してくれなかった。そうしたら峰田君は「僕のを使いなよ」と言って自分のパレットを差し出した。私は恐る恐る彼のパレットの穴に自分の絵の具の蓋をねじ込んだ。蓋はすんなり開いた。私はお礼を言って、そのまま絵を描いた。

絵の具事件があってから、私は峰田君に嫌われていないということがわかって、頭の中がずいぶん沸き立っていた。もしかしたら峰田君は私のことを好きかもしれないと考えたが、直後にそんなわけはないと否定した。同じ道を行ったり来たりするように、峰田君のことを毎日考えていた。

ある日、少女漫画雑誌についていたおまじないの本を読み直している時、好きな人の名前をシャーペンの芯一本分、書くことができたら両思いになるというものを見つけた。幼い私は、新しい芯を一本取り出して、慎重にシャーペンに入れると、ノートを開いて峰田君の名前を書き始めた。

峰田登、峰田登、峰田登、峰田登、峰田登、峰田登、峰田登、峰田登、峰田登、峰田登、峰田登、峰田登、峰田登、峰田登、峰田登……

私は右手の痛みをこらえながら、峰田君の名前をノートに書いた。峰田君が好きだということは、誰にも言っていなかった。しかし、ある日、兄と二人きりで話している時に聞かれた。

「エリコ、お前好きなやつ、いねえの?」

私はいないと答えたが、兄はしつこく聞いてくる。兄は中学生になっていて、モテる部類の人間だった。デートに行った時の写真を見せて自慢してくるので、悔しくなって、つい、言ってしまった。

「峰田登って人が好き」

兄はそれを聞いて、顔を歪ませて、ゲラゲラ笑った。私のような人間に好きな人がいるのが面白いのだろう。

「小林エリコの好きな人は峰田登! 小林エリコの好きな人は峰田登!」

ベランダの窓を開けて、大声で外に向かって兄は叫んだ。夜の団地に私の名前と峰田君の名前がこだまする。私は兄を制して急いで窓を閉めた。

「今のは嘘! 適当に言ったの!」

私は顔を真っ赤にして怒った。兄はひしゃげた笑い顔をしたまま、バカにしたような目で私を見た。私は自分の部屋に戻って、布団を被った。恥ずかしくて死んでしまいたかった。

積もりに積もった思い

年末になり、私は郵便局に年賀はがきを買いに行った。一年の終わりの大仕事は年賀状を書くことだった。絵を描くのが好きな私にとって、年賀状を書くのはとても嬉しいことだ。得意のイラストを堂々と描いて、人に送ることができるのはこの時くらいしかない。しかし、私は年賀状を出す相手がとても少ない。父方の祖母と叔母。母方の祖父母。それと数人の友達だけで、全部合わせても十枚いかない。それでも、干支のイラストを何回も練習して、年賀状に下描きをした。

駅前の画材屋さんで購入した漫画家が使うGペンを握りしめて、ペン先をインク壺に落とし、ゆっくりとペンを入れる。インクが乾いたら丁寧に下描きを消しゴムで消して、色鉛筆で色を塗って仕上げた。残った余白に書くメッセージを何にしようか、頬杖をつきながら考える。「お餅の食べすぎに注意!」というのは、使いすぎてしまったので、それ以外の言葉を考えて、書き込んだ。宛名を書き終えると、トントンとはがきを揃えて机の上に置いた。そして、悩んでいる問題を考え始めた。

実は、峰田君に年賀状を出そうかと考えていたのだ。ひとしきり悩んだのち、私はとりあえず、書くだけ書こうと思い、他の年賀状と同じレイアウトとイラストで書き始めた。

出来上がったあと、右端の隅っこに小さな文字で「好きです」と鉛筆で書いた。流石にそれはダメだと思いとどまり、消しゴムで消した。しかし、しばらく経って、また「好きです」と鉛筆で書いた。そして、また消した。何回も「好きです」と書いては消してを繰り返し、私は頭を抱えた。私はどうしようもなく峰田君が好きなのだ。

しかし、それは私だけが抱いている感情ではない。あのクラスでなくても、学年中の女子が峰田君を知っていて、みんな好感を持っている。峰田君に告白をされて断る女子はいないと思われるくらい、みんなの憧れの的だった。みんなが峰田君を好きなら、私だって好きになってもおかしくない。それくらい素敵な存在なのだ。

私の脳裏には、図工室で、私の隣の男子に「それくらい貸してやれよ」と男らしく発言した峰田君の顔が焼き付いていた。そして、嫌がることもなくパレットを差し出した姿が思い出された。私は年賀状の「好きです」の文字を消した後、学校の連絡網を取り出して、峰田君の住所を表面に書いた。「好きです」の文字は消したけれど、何回も書き直したので、跡がくっきりと残っていた。大きさにしたら一センチにも満たない小さな「好きです」の文字の跡を残したまま、私はありったけの勇気を出して峰田君宛の年賀状をポストに投函した。

そして事件は起こった

年が明けて、ポストに向かう。相変わらず、私宛の年賀状は少ない。峰田君は私の年賀状を受け取っただろうか。ふと、とんでもないことをしてしまったのではないかと思い、激しく後悔した。やっぱり出さなければよかった。親しくもない私から年賀状をもらって、嬉しいわけがない。しかも、隅っこには「好きです」の文字がうっすら刻まれているのだ。でも、峰田君なら、私からの年賀状をなかったことにしてくれるかもしれない。いじめられっ子の私にも優しいのだから、私がしたバカなことを放っておいてくれるだろう。彼はそれほどの人格者だと信じていた。

冬休みが明けて、新学期になり、いつものように教室に入った。その瞬間、ざわついていた教室が水を打ったように静かになった。みんなが私を見ていた。そして、峰田君が気まずそうな顔をして、仲の良いクラスメイトに耳打ちをしていた。

私はその瞬間、全てを悟った。峰田君は私から年賀状が来たことを、クラスメイトに話したのだ。私は恥ずかしくて生きた心地がしなかった。いつもは「バイキン」などと言って囃《はや》し立ててくるクラスメイトも、何故かやってこない。私は冷たい視線を一身に受けながら、できるだけ平静を装って、席につき、意味もなく教科書をめくった。早く家に帰りたくて仕方がなかった。

峰田君のことが好きだとクラスメイトにバレたら、学校に来られなくなると思ったけど、そんなことはなかった。私は嫌だったけど、学校に行った。逆に学校に行かなくなる方が年賀状を峰田君に出したことを印象付ける気がしたからだ。

私は何もなかったかのように学校へ行き、普通に授業を受け、終わったらまっすぐに家に帰った。心を石のようにして、何も感じないように、考えないように、沈黙を保った。

冬が終わり、春の足音が近づいてきた頃、クラスメイトの興味は卒業式に向かっていき、その準備で忙しくなると、彼らの冷ややかな視線は消えていった。

卒業式を迎え、クラス全員に卒業アルバムが配られた。集合写真の峰田君はまっすぐ前を向いていて、クラスの男子の中で一番かっこよかった。でも、私の中には、好きだという甘酸っぱい気持ちは、もうなくなっていた。

クラスの女子が峰田君の噂をしていた。彼はみんなが行く公立の中学でなく、入るのがとても難しい遠くの私立中学へ進学するという。うちの小学校からは峰田君しかそこへ行かない。飛び抜けて頭が良かったから当然だろう。私はもう二度と顔を合わせることがないと思うと、心底ホッとした。

大人になってから一度、峰田君の名前を検索したことがある。会社社長か、偉い官僚にでもなっているかと思ったのだが、どこにも名前は出てこなかった。峰田君はあの学校では一番だったけれど、広いこの社会では、一番ではなかった。それでも、やっぱりあの時あの場所で峰田君は一番かっこよくて輝いていた。

鳥の友達・ピーコ

私は小学生の頃、友達があまりいなかったが鳥の友達はいた。ピーコという黄色のセキセイインコだ。

その頃の私は、近所の子と時々遊んではいたけれど、基本的には学校から帰ると家で一人遊びをする子供だった。積み木で家を作ったり、お絵かきをしたりしていたが、どこか物足りなかった。夕食の時間は、自分が見たい動物番組にチャンネルを変えた。私はなぜか動物がとても好きだった。ライオン、キリン、カバ、象。大草原の中で生きる彼らの姿には人間のような嘘がなかった。さらに、当時テレビで人気シリーズになっていたのは「ムツゴロウとゆかいな仲間たち」という番組で、あらゆる動物とともに暮らすムツゴロウさんの生活に密着したドキュメンタリーだった。テレビにかじりつきながら、いつか自分も動物と暮らしたいと夢見ていた。少し大きくなると、団地でも小動物なら飼えることがわかった。

それからというもの、母に小鳥を飼いたいと、何回もせがんだ。どれくらい母におねだりしたかわからないくらいだ。

ある晴れた日曜日、念願がかなって母と一緒にペットショップに行った。国道沿いの薄汚れたペットショップでは色々な動物がカゴに入れられて新しい主人を待っていた。私は店の入り口近くに並んでいたセキセイインコの鳥かごを真剣に見つめていた。図書館で様々なペットの本を読んで知識を蓄えていた私は、飼うならセキセイインコと決めていた。初心者でも飼いやすく、体も丈夫と書いてあったからだ。

「どれにするか決めた？」

母の言葉を聞きながら、私は答えることができない。水色と白のインコも可愛いけれど、黄色と緑色のも素敵だ。二色のインコの方が鮮やかで楽しいけれども、一色だけというのもまた良い。色々なインコを眺めながら、私の目は最終的に黄色一色のインコに留まった。頭から尻尾の先まで黄色一色。頬のあたりには黒の模様が少しあった。

「あのインコにする。黄色だけのやつ」

母は私の返答を聞くと、店主を呼んできた。店主は「これだね？」と私に確認すると、カゴの中に手を入れてインコを摑む。そして、インコの風切り羽《かざきばね》をばちんと切った。私はびっくりした。

「羽がこのままだと飛んで逃げちゃうから」

店主はそう言いながら小さな紙の箱にインコを入れる。

「鳥かごと餌ももらえます？」

母が店主に告げると、彼は店内にある鳥かごとセキセイインコ用の餌を袋に詰める。

「餌は一日一回、毎日新しいのをあげてね。水も毎日取り換えるんだよ」

私は店主のおじさんの顔を見つめて真剣に頷《うなず》いた。手に持った箱の中ではインコがカサカサと音を立てていた。私の友達になるインコはとても軽かった。

母と一緒に国道脇の歩道を歩く。うちには車がないので、長い道のりを母と歩いた。私は興奮で胸がワクワクしていた。

家に帰るとカゴの中にインコを放す。インコの鳴き声は可愛い綺麗なものではなくて、「ギャッ！　ギャッ！」という少しワイルドな鳴き声だった。餌箱にヒエやらアワやらが入った餌を入れると、勢いよくくちばしを突っ込んで食べ始めた。インコの姿を見ながら私はノートを広げる。私の友達につける名前を考えるためだ。

ピピ、ポポ、ピピ子、トッピー、色々考えるが良いものが浮かばない。散々考えた末、ピーコというありきたりな名前になった。

「ピーコ、お前はピーコだよ」

私は鳥かごを見つめながら、話しかけた。ピーコは黒々とした目を輝かせて私の方を向く。首を少し傾げたその姿は「よろしくね」と言っているみたいだった。

それからは、毎日ピーコの世話に明け暮れた。朝起きると水と餌を取り換える。餌は殻付きのものを与えているので、殻が餌の上に積もっている。それを息でフーッと吹き飛ばすと、殻付きの新しい餌が出てくる。セキセイインコの飼い方の本にそうするように書いてあったのだ。ピーコは狭いカゴの中をちょこまかと移動する。私はカゴをベランダに出した。日光浴をさせるためだ。その後、ランドセルを背負って学校へ向かう。けれども、すぐにでも帰りたかった。早くピーコと遊びたかったからだ。

学校が終わると駆け足で家に帰る。ランドセルを放り出して、鳥かごに向かう。

「ピーコ、ただいま。一緒に遊ぼう」

私はベランダの鳥かごを部屋に入れると、全ての窓を閉めた。そして、鳥かごの扉を開けて、手を突っ込む。ピーコの柔らかい体を摑んでカゴの外に出す。ピーコは私の手を離れるとちょこんと畳の上に飛び降りた。風切り羽を切られたピーコは飛ぶことができない。

「ピーコ、羽を切られて痛かったね。もう、あんなことはしないよ」

私はピーコに新しい羽が生えたらその羽は切らないつもりだった。鳥は飛んでこそ、鳥だ。

手のひらに餌を載せるとピーコはくちばしで突っついて食べた。

「うふふ、痛いよピーコ」

私は小さな友達に夢中だった。文房具屋さんで買ったお絵かき帳を広げてピーコの絵を描いた。小さな頭、オレンジ色のくちばし。黄色く美しい体。私は何枚も自分の友達の姿を描いた。私はピーコが大好きだった。

ピーコとその仲間のことが知りたくて、誕生日プレゼントに『鳥類の図鑑』をおねだりした。かなり高かったと思うが、親は買ってくれた。私は世界中の鳥を眺めながら、生態について調べた。鳥の羽は油がついていて水を弾くこと、鳥は昔、恐竜だったことも初めて知った。

インコは小松菜を食べるということを本で知って、冷蔵庫から失敬した。鳥かごに突っ込むと、ピーコは勢いよく食べ出した。オオバコの葉も好きだと書いてあったので、公園に行ってたくさん摘んで帰った。ピーコ、私のピーコ。私の大切な友達。私はピーコの抜け落ちた羽を集め箱にしまった。私の宝物だった。

置き去りのピーコ

それから半年ほど過ぎた頃、父方の祖父が急病で倒れた。両親はお見舞いに行くことが多くなり、なんとなく家の中が慌ただしかった。そして、ある冬の日、祖父が亡くなった。

「お母さん、ピーコはどうしたらいい？」

私は外泊の準備をしながら母に尋ねた。お葬式のため、祖父の家に行かなければならないのだ。

「餌と水をたくさん入れておけばいいわよ。二、三日で帰ってくるから」

私は母の言う通り、たくさんの餌と水を入れた。

「ピーコ、少しの間だけだよ。すぐに戻ってくるからね。それまで元気にしててね」

ピーコは首を傾げて私を見た。

「待ってるよ」

と答えた気がした。

電車を乗り継ぎ、父方の祖父の家に向かう。一緒に暮らしていた祖母と叔母は神妙な面持ちだった。特に祖母はひどく憔悴《しょうすい》していた。

お通夜が始まり、夜はお寿司をとった。お寿司を食べながら、家にいるピーコは大丈夫だろうかと不安になった。

「お母さん、ピーコは大丈夫かな」

私が尋ねると、

「大丈夫よ」

と、事も無げに母は言った。母が言うなら大丈夫だろう。まだ、十歳かそこらの私は母の言葉を信用した。

祖父が亡くなったことはそれなりに悲しかったが、私にはまだ命の重さはわからなかった。祖父は私に花札を教えてくれて一緒に遊んだことがある。しかし、思い出といったらそれくらいで、他の記憶はあまりない。棺の中の祖父の顔を見ると真っ白くなっていて、命が通《かよ》っていないのがわかる。鼻の穴には綿が詰められていて、不気味に感じた。死んでいると意識すると怖くなってくるので棺から離れて近づかないようにした。不安な一夜を過ごすと、次の日はお葬式でお坊さんがお経をあげに来た。私は家族と一緒に正座してお線香の香りが漂う中、お経に耳を澄ました。お坊さんの声はよく通り、聞いていて気持ちが良い。銅か何かでできたお椀みたいなものを叩くと、チーンと澄んだ音が部屋に響く。この儀式をしたら、おじいちゃんは天国に行けるのだろうか。

お葬式が終わった後、祖父を荼毘《だび》に付した。みんな悲しそうな顔をして祖父の骨を骨壺に入れた。私は時々ピーコのことを考えた。もう二日経っている。毎日、餌と水を取り換えてあげないといけないピーコはちゃんと生きているのだろうか。

祖父は骨になって家に帰ってきた。そして、戒名《かいみょう》をもらった。人が死ぬと名前が変わるのはなんとなく変だ。しかも、長くて舌を噛《か》みそうな名前だ。私はぼんやりと祖父のお骨と位牌《いはい》を眺めた。

二、三日で帰ると母は言ったが、そんなに早くは帰れなかった。両親と祖母たちは何か大事な話をしていて、子供の私は兄と公園で遊んで時間を潰した。公園には栗がたくさん落ちていて、イガイガの棘《とげ》の中から実を取り出して集めた。家に帰って栗を母に茹でてもらう。スプーンで身をほじくりながら食べる。私はピーコのことを考える時間が減っていった。出かける時はあんなに不安で仕方なかったけれど、まあ、大丈夫だろうという気持ちになっていた。

全ての用事が終わり、家に帰ってきたのは一週間後だった。私はドアを開けると真っ先にピーコのカゴに向かった。

「ピーコ！　元気だった⁉」

ピーコは空っぽになった餌箱を激しく突き続けていた。カンカンカンカンカンカン！　ピーコは空腹のあまりおかしくなってしまった。いつもなら食べない餌の殻まで食べ尽くし、空っぽになった餌箱をなおつついている。私は驚きと恐怖で顔が真っ青になった。

「ピーコ！　ピーコ、ごめんね。今、ご飯をあげるからね！」

私は餌を袋から取り出して、餌箱に注いだ。ピーコは新しい餌を激しくつついた。

「ごめん、ごめん、ピーコ……」

私はピーコのことを友達だと思っていたけれど、そうじゃなかった。私は最悪の飼い主であり、命を大切にする意味すら理解できないバカな子供だった。ピーコの小さな頭を撫でながら私は詫《わ》びた。

「ピーコ、ごめんね。許してね」

ピーコは一時間ほど餌を食べた後、落ち着いてきて、普段のピーコに戻った。水を飲んで羽をバタつかせ、止まり木に止まった。私は安心して布団に潜った。

消えてしまった小さな命

私はそれから、またピーコの面倒を熱心に見るようになった。餌と水を取り換え、フンの始末をした。ピーコのカゴの床部分には切った新聞紙を敷いていて、汚れたら一番上の新聞紙を取って捨てていた。ピーコはこの頃、いつも新聞紙の下にいた。

「なんで、ピーコは新聞紙の下にいるの？」

ピーコは首を傾げたままだった。

いつものように、フンにまみれた新聞紙を一枚取って捨てた。もし、新聞紙が一枚しかなかったら、ピーコはどうするのだろうという好奇心から、あえて一枚だけ敷くことにした。そして私はそのまま寝た。

次の日、起きて鳥かごの前に行くと、ピーコが足をピンと伸ばして固まっていた。

「ピーコ？」

私はピーコが変な格好で寝ているのでビックリした。ピーコの様子がおかしいので、カゴの中に手を入れて体を触ると冷たかった。私はやっとピーコが死んだのだと理解した。

私は大声で泣き叫んだ。

「ピーコが、ピーコが死んじゃった‼」

両親の部屋に行って私は絶叫した。私の声で両親は一度、体を起こしたが、インコが死んだだけだとわかるとまた寝てしまった。

「ピーコ、ピーコ」

私はピーコの軽い体をそっと掴んだ。なんでピーコは死んでしまったのだろう。餌はたくさんあるのに。

その時、新聞紙が一枚しかなかったことに気がついた。きっと、ピーコは新聞紙を布団がわりにして暖《だん》を取っていたのだ。その日は寒い夜だった。私は布団の中で足を擦り合わせて寝ていた。思えば、ピーコも寒かっただろう。羽があるとはいえ、ピーコは南国の鳥なのだ。

新聞紙が一枚しかなくて、下はプラスチックだから寒くて凍え死んでしまったのだ。私はそんなこともわからなかった。毎晩新聞紙に包まれていたピーコが寒い思いをしていたということに気づけなかった。

ペットショップに行った時、インコのカゴには藁《わら》でできた巣が取り付けてあった。卵を産むインコにだけ必要なものだと思っていたけれど、あれは寒い時に入るものだったのではないか。ペットショップのおじさんはなんで巣が必要だと教えてくれなかったのだろう。目から大粒の涙をこぼし、私は懺悔《ざんげ》した。私の好奇心と無知から一つの命がこの世界から消えた。私はバカだ。

ピーコの亡骸《なきがら》をティッシュに包んだ。そして家の中にあった綺麗な空き箱に入れた。小さな粗末な棺の中でピーコは目を閉じていた。

「ごめんね。ごめんね」

私は涙をぼたぼたこぼしながら公園に行った。人目につかない木の根元をスコップで掘った。空き箱の棺を土の中に入れて、上から土をかけた。

「ごめんね、ピーコ」

土の上に石を置いて、花を供えた。

ピーコのお葬式は実に質素に執り行われた。参列者は私だけ。お坊さんもお経をあげに来ない。そして、とても粗末な手作りのお墓。私にとってピーコも祖父も大切な存在だったが、二つのお葬式は天と地ほどの差があった。

私は確かにピーコのことが大好きだった。大好きで大切にしていたのに、ピーコを死なせた。私はピーコを友達だと思っていたし、ピーコもそう思っていると信じていた。けれど、それは違った。私はピーコの友達じゃなかった。命を預かるという重大な役目を負う人間であったのだ。そして、そんなことにも私は気づけなかった。

「ごめんね。ごめんね」

土の上に私の涙がこぼれ落ち、染み込む。懺悔すれば許してもらえるだろうか。空にはスズメが飛んでいた。ピーコは空を飛んだことがない。生き物を飼うということは、本当はひどいことなのかもしれない。私はそっと手を合わせた。ピーコは鳥だから天国に行けるだろう。この空をどこまでも高く飛んで、神様のところに行っただろう。私は、ピーコが神様の肩に止まっているのを想像した。

孤独を癒すのは、紅白饅頭の甘さだけ

小学生の時、私はアニメや漫画が好きだった。宮崎駿《はやお》の「風の谷のナウシカ」を見て以来、どっぷりとアニメの世界にはまり、それからはアニメ雑誌を買うようになり、アニメイトへ行ってグッズを買う日々を送っていた。

クラスの中でイケてる子は光ＧＥＮＪＩなどのアイドルが好きだったし、テレビの芸能人やお笑いなんかが話題の中心だったので、私と話が合う人はあまりいなかった。もちろん、子供なのでアニメや漫画はクラスメイトも好きだったけれど、私のようにアニメーションの制作会社のことや、キャラクターデザインを誰がやっているかとか、声優は誰かとか、そこまで踏み込んでいる人はほとんどいなくて、私は「オタク趣味のヤバいやつ」という位置付けだったと思う。さらに私は当時、不潔だったので、いじめの標的になっていた。

遠足の時は憂鬱であった。バスの席決めで盛り上がる中、私は余った席が出るのをひたすら待っていた。誰も選ばない席は自動的に私の席になる。大体はクラスの担任の隣の席が余るので、私は先生の隣に座った。持ってきたおやつの交換をしたかったけど、先生と交換するわけにもいかない。勇気を出して後ろの席の子と交換しようとしたが、すげなく断られた。私はラムネを食べながら行きのバスの中で、早く帰りたいと願っていた。

趣味が結んだ友情

そんな中、私と同じようなオタクの子と出会った。澄子ちゃんはショートヘアでそんなに目立たない子だった。私たちはアニメの話で盛り上がった。そのうち、アトピーで顔を真っ赤にしていた背の低い八重子ちゃんという子も加わって、時々集まってはワイワイしていた。クラスは別々であったけれど、学校で肩身の狭い思いをしている私たちは漫画を貸しっこしたり、アニメの話をしたりした。

小学生の時、私の将来の夢は漫画家であった。子供の私は知識が少なかったので、絵を描く仕事というのはアニメーターか漫画家、イラストレーターしか思い当たらなかった。その中でも漫画家は一番かっこいい気がしたのだ。駅前の画材屋に行って、漫画家が使うGペンを買ったり、少し遠くの駅まで行って、スクリーントーンを買ったりした。

そういうことを澄子ちゃんに話していたら「私も漫画描いてみたい」と言ってきた。

澄子ちゃんも私と同じようにアニメとか漫画のイラストをよく描いていたのだ。ちなみに、私は画材を揃えてはいたものの、コマを割って漫画を描くということはしていなかった。

「澄子ちゃん、漫画描いたことあるの？」

私が尋ねると、

「ないけど、一緒に描いてみない？　エリコちゃんが一ページ描いたら、次のページを私が描くのはどう？」

私はその提案に胸がワクワクした。二人でキャラの設定なんかを考えて、漫画を描くことになった。


小学生の時、私は毎日具合が悪かった。家庭でのストレスが全て体に出ていて、年中風邪をひき、熱が下がらず、学校を休んでばかりいた。いつも頭痛がして、お腹が痛かった。父親は毎晩酒を飲んで帰ってきて、暴れてテーブルを蹴っ飛ばし、今晩のおかずが宙を舞った。私と母はそれを丁寧に片付けて父の怒りが収まるのを待った。

兄は友達と遊んでばかりで家にあまりいなかったが、たまに早く帰ってくると「牛乳を持ってこい」「漫画を買ってこい」などと、私を小間使いのように扱っていた。家に居場所がない中、私は机に向かって澄子ちゃんと約束した漫画を描いた。思えば、とても下手くそだったと思う。それでも、何かを描いている時は気が紛れた。

少し体調が良くなって学校へ行くが、クラスメイトは誰も私に構わない。私は空気のようであった。いや、いてもいなくても同じだから空気ではないだろう。空気がなくなったら大変だ。空気ですらない私はこの空間に存在していない。そう思うと不安で胸がいっぱいになり、その不安が自分の存在を主張するがごとく暴れ出し、私の体は痛み出した。肩は石のように硬くなり、お腹はキリキリと体の内部を刺す。痛くて痛くて、私は目から大粒の涙をこぼす。

「保健室に行っていいですか」

授業中に勇気を振り絞って、手を挙げる。先生は無言でドアを指す。私は授業すらまともに受けられないダメな人間であった。そして、クラスメイトからは授業をサボるムカつくやつと見られていた。

それでも休み時間になると、澄子ちゃんのクラスに行って漫画の続きを渡した。あの頃の私は勉強しに行くというより、漫画の続きを澄子ちゃんに渡すために学校へ行っていた。

私はどちらかというと、シリアスな漫画が好きなので、そういった内容にしたかったのだが、澄子ちゃんはコメディが好きみたいで、私の漫画の次のページは必ずギャグが出てきた。私が一生懸命キャラクターに世界観の説明などをしゃべらせるのだが、次のページではそれをぶち壊すギャグが出る。でも、それもまあ、面白いなと思って何ヶ月間も漫画はお互いの間を行き来した。シリアスとギャグが一ページごとに現れる謎の漫画は出来上がったが、どこかに発表する当てもなかった。

四十ページくらいになった漫画の束をどうしようかと澄子ちゃんに尋ねたところ「エリコちゃんが持っていていいよ」の一言で私が保管することになった。私は友情の証である漫画を持っていられることが嬉しくて、時折読み返しては、ふふふと笑った。

小学校の卒業がもうすぐだという時、澄子ちゃんと一緒に八重子ちゃんの家に遊びに行った。学校の外で澄子ちゃんと会うのは少し新鮮だった。八重子ちゃんは家の近くのスーパーまで迎えに来てくれて、みんなでスーパーへ行ってペットボトルのジュースと、ポテトチップスとチョコフレークを買った。

八重子ちゃんの家は一戸建てで広々としていた。自分たちでお菓子を買ってきたけれど、お母さんがお茶やらケーキやらを出してくる。私たちは盛り上がるでもなく、盛り下がるでもなく、ただなんとなくおしゃべりした。それでも子供だったから、大人から見たら楽しそうだったかもしれない。

でも、私たちは学校で特別仲が良かったわけでもなかった。初めて学校の外で会ったけど、なんとなくギクシャクした。それでも、いつも自分の家で休日を過ごしている私としては非日常で楽しかった。


小学校の卒業式は中学校の制服を着て出席することになっている。校庭の桜は満開で、空は青く澄み渡っていた。体育館で朝から校長先生の長い話を聞いて、一人一人卒業証書をもらう。私はかなりの猫背で、母にいつも注意されていたので、卒業証書授与の時、一生懸命背筋を伸ばした。背中が痛くなるくらい伸ばしたのに、母が撮ってくれた写真の私は背中が酷く曲がり、老婆のようだった。

卒業式といっても、ほぼ全員がすぐ近くにある中学校に入学することになっているので、特に感慨はない。むしろ、私は小学校の人間関係が引き継がれることの方が嫌だった。この先もまだ、肩身の狭い思いをし続けなければならない。

校庭に出ると、強い風が吹き、桜の花びらは風に乗り宙を舞う。空はどこまでも高い。八重子ちゃんに声をかけられて、一緒に写真を撮った。八重子ちゃんは小学校を卒業した後引っ越すので、一人だけブレザーを着ていた。澄子ちゃんは同じ中学に行くので、私と同じセーラー服だった。澄子ちゃんと一緒に写真を撮りたかったけれど、澄子ちゃんはクラスの子に呼ばれてどこかに行ってしまった。私と漫画を描いてくれたけど、本当はちゃんと友達がいる子だったのかもしれない。

卒業式の後はみんな予定があるようではしゃいでいたが、私は仲の良い子がいないので、母と二人で帰宅した。

それでも私には楽しみがあった。卒業式の日に全校児童に渡される紅白饅頭だった。白い化粧箱に入ったそれはとても大きくて十センチくらいはあったと思う。箱を開けると饅頭には「祝」の焼印が押されている。

冷蔵庫から牛乳を出してコップに注ぎ一口飲んだ後、口を大きく開けて白い方の饅頭にかぶりつく。薄い皮の中にはこしあんがぎっしり詰まっていて、その甘みを感じると、保健室でずっと寝ていたことや、遠足のバスの席が先生の隣だったことも許せる気がした。私は一人で赤い方の饅頭もペロリと食べ、お腹がいっぱいになると横になった。六年分の苦痛が和らいだ気がした。

私と縁を切る人は正しい

中学生になった。中学では先輩後輩という上下関係が生まれ、小学校の時よりやっていくのが難しくなった。そして、生徒が小学校から持ち上がりのため、私と友達になってくれる人はいなかった。最初の頃はクラスで友達を作ろうと努力して、話しかけたりおどけたりしてみたのだが、やっぱり友達はできなかった。仕方なく、私は澄子ちゃんがいるクラスに向かった。澄子ちゃんはクラスが違う私と話してくれた。

そして、私は休み時間のたびに澄子ちゃんのクラスに向かった。毎時間、毎時間、澄子ちゃんのいるクラスに行った。そうしているうちに、澄子ちゃんはクラスから消えた。澄子ちゃんのクラスの入り口で、クラスの子に「澄子ちゃん呼んでください」と伝えても「いないみたい」と言われた。それが何回か続いて、私は澄子ちゃんのクラスに行くのをやめた。

私は一人ぼっちになってしまって、机の上の教科書を読んで次の授業の予習をした。クラスの子たちの笑い声が私をどんどん憂鬱にさせる。ああ、私は本当にこの世界で一人ぼっちなんだなと唇を嚙み締めた。唇の皮を嚙みながら、涙が出てきそうになるのを必死でこらえた。

家に帰って、澄子ちゃんと描いた漫画を引き出しの奥から出した。二人の小学生が描いた稚拙な漫画。原稿用紙に描いたわけでもなく、白い紙に鉛筆で描いただけの、下手くそな漫画。

ストーリーすらあるのかどうかわからないその漫画は、それでも、子供の遊び心と友情が詰まっていた。私はその漫画を一ページ、一ページ丁寧に読んで、それからゴミ箱に捨てた。きっと澄子ちゃんもそうして欲しかったに違いないと思う。

私は友達がいないけれど、頑張ってふざけてはしゃいで、うるさい生徒になった。そうこうしているうちに、クラスメイトから嫌われた。

小学校でいじめられて、友達がいなかったくせに、生意気に映ったのかもしれないし、中学生になっても学校を休むことが多かったからかもしれない。お風呂には入れるようになっていたけれど、それだけでは拭いきれない何かがあった。

私はバスケ部のリーダーやその取り巻きたちにいじめられるようになった。胸が小さい、えぐれていると言われ、「えぐれ」というあだ名で呼ばれた。掃除の時間にバスケ部のリーダーに両足を摑まれ股間を蹴られた。クラスの男子に机を蹴っ飛ばされ、中に入っていた縦笛が折れた。

私としっかり縁を切った澄子ちゃんは正しかった。私と仲良くしていたら、澄子ちゃんもいじめられたかもしれない。それに、ほんのちょっとだけ仲が良かった子にしつこくされるのは嫌だったと思う。

時折、廊下で澄子ちゃんとすれ違ったけれど、声をかけなかった。向こうは気がついていないようだった。背後に澄子ちゃんの存在を感じながら、心の中で「ごめんね」と謝った。

一人で生きていくと決めた日

中学校ではいじめに遭い、辛い生活を送っていたけれど、三年生の時に凜子ちゃんという仲の良い友達ができた。

凜子ちゃんとは中学三年の時にクラスが一緒になった。私たちは非常に気が合った。いつも二人でバカ笑いをしていた記憶がある。この年頃の女の子はすぐにケラケラと笑うけれど、私たちもいつも笑っていた。凜子ちゃんは大きな口をした子で、笑うとその口がますます大きくなる。そんな彼女の笑顔が好きだった。

凜子ちゃんは『天才バカボン』を全巻持っていた。古い漫画を読んでいる人が周囲にいなかったので、嬉しかった。その頃の私は手塚治虫が好きだったので、凜子ちゃんと趣味が合うと感じたのだ。凜子ちゃんはウナギイヌを黒板によく描いていて、とても上手だった。

彼女はテニス部に所属していたので、放課後や土日も部活の練習ばかりで一緒に遊ぶ時間があまりなかった。それでも、私たちは毎晩のように長電話をしたり、時間を見つけてはお互いの家を行き来した。

「ねえ、河川敷にさ、渡し船あるじゃん。あれ、乗ってみない？」

凛子ちゃんは、いたずらっぽく言った。

私たちの住む街には、大きな川が流れている。向こう岸に渡るために一日に何便か船が出ているのだ。時々その船を見ては、私も一度乗ってみたいと思っていた。

「いいね！　一緒に行こう！」

そう言って二人して利根川まで自転車を漕いだ。ここらの子供たちはみんな自転車に乗る。サビだらけのオンボロ自転車を漕ぎながら、私たちはおしゃべりを続けた。前を走る凛子ちゃんの背中に話しかけると、声が風に乗って後ろにやってくる。私たちは壊れたおもちゃみたいにカラカラと笑った。

河川敷に着くと、丁度これから出発する船が岸に泊まっていた。

「私たちも乗りますー！」

凛子ちゃんが大声で叫ぶ。私たちは息急《せ》き切って船に乗り込む。小銭を船頭さんに渡して船の中に腰を下ろす。モーター音が響く中、私たちは少し黙って川岸を眺めた。いつもあちら側からこちら側を眺めているので、なんだか不思議な気持ちだ。凛子ちゃんは不意に言葉を発した。

「うちさー、お母さんが出てっちゃったんだよね」

突然、そう告げてきた。

「出て行ったって、どういうこと？」

私が不安に思って聞くと、凛子ちゃんは明るく答えた。

「うちのお母さん、働いてるじゃん。その仕事先の男の人と付き合っていたみたいでさ。なんか、その人のところに行っちゃった」

凛子ちゃんは明るい調子で話してくれた。

「うーん、そっか。そうなんだ。凛子ちゃんは大丈夫なの？」

私が尋ねると、凛子ちゃんは大きな口を開けて笑った。

「まあ、大丈夫じゃない？　家事は私がやることになりそうだけど」

ガハハと笑う凛子ちゃんは不安な気持ちを隠しているように見えた。

夕日が沈む川の真ん中で、二人して夕日に照らされていた。私たち二人はまだ子供で、自分の意思ではどうにもならないことが多かった。

牛久大仏かマリア様か

私が彼女を好きだったのは、無邪気だったからだと思う。

中学生になると、ませている子は爪を綺麗にしたり、アイプチを使って目を二重にしたり、おしゃれに気を遣い始めるけれど、凛子ちゃんはそういうのには無縁だった。それどころか、もっと子供らしいことをやりたがった。

それは私も同じだった。男の子の視線を気にするよりも、面白いことはもっとたくさん世の中にあると信じていた。そして、凜子ちゃんと私はそれを実行していた。

びゅうびゅうと強い風が吹く日、二人で一緒に凜子ちゃんの部屋で漫画を読んでいた。

「風って、どこまで行くのかね」

独り言ともつかない言葉を私が発すると、凜子ちゃんは漫画から顔を上げて答えた。

「風に吹かれながら、どこまで行けるかやってみない？」

なんともバカな発想だが、子供の私は大喜びで賛同した。

「行こう！　行ってみよう！」

二人してスニーカーをつっかけて外に出る。

「どっちに行こうか」

ここいら辺は団地ばかりで、あまり景色が面白くない。

「田んぼの方に行こうよ」

凜子ちゃんが提案した。二人して田んぼに向かって歩き出す。

歩いているうちに、目の前から団地が消え始め、徐々に緑の田んぼが姿を現した。

稲穂が風に揺れている。

二人とも立ち止まり、風を背に受ける。そして、風と同じくらいの速度で歩き出す。

強い風の時には走り出し、弱くなると歩いた。周りには高い建物がないので、風が容赦なく体に当たる。

「風すげー！」

私は笑いながら風と同じスピードで歩みを進める。凛子ちゃんも笑っている。


「エリコの家の方に新しく大きいマンションできたじゃん。あれ上った？」

凛子ちゃんが私に聞いてきた。

「まだ行ったことない。上の方まで上れるの？」

私が問い返すと、

「最上階まで行けたよ。そこから景色を眺めてたらさ、遠くの方に神様みたいなのが見えたんだよね。マリア像っていうか、そういうやつ。最近、お母さんのこととか考えて落ち込んでたから、あれ、自分だけに見えるマリア像かなって思って、なんだか泣いちゃった」

凛子ちゃんは風に髪をなびかせながら、言葉を紡《つむ》いだ。私はその話を聞いて、胸がぎゅーっとなったけど、思わず、言ってしまった。

「そのマリア像みたいなやつ、多分、牛久《うしく》大仏だよ。私も別のところから見たことあるよ」

そう言ったら、凛子ちゃんは吹き出した。

「そっか、牛久大仏か！　あれ、世界一大きいんだよね。私だけに見えると思ったのに！」

凛子ちゃんはおかしくてたまらないらしくて、笑い転げている。その瞬間にゴーッと大きな風が吹いた。私たちは風を受けて走りながら笑った。

凛子ちゃんの家は私と同じ団地なのだが、突然犬を飼い始めた。その名前をカムイといった。私は動物が好きなので、時々、カムイと一緒に散歩をした。カムイは散歩のしつけがちゃんとできていないようで、ゆっくり歩いてくれず、ぐいぐいリードを引っ張って歩くので、私は引きずられてしまう。

「カムイ、もうちょっとゆっくり歩いてよ」

そう言ってもカムイは聞いてくれない。それでも犬の散歩をするのが初めての私は嬉しかった。カムイと一緒に夕暮れの街を歩く。凛子ちゃんのお母さんはもう戻ってこないのだろうかと私は考えていた。家に戻ると、カレーの匂いがした。凛子ちゃんが作ったらしい。

「よかったら食べていく？」

ニコニコ笑いながら誘ってくれたけど、凛子ちゃんの家の食料を減らしてしまうのも悪い気がして断った。しかし、凛子ちゃんのお父さんは仕事で帰りが遅いし、お兄ちゃんもバイトがあると聞いていたので、凛子ちゃんは一緒にご飯を食べていって欲しかったのかもしれない。

中学三年の秋、凛子ちゃんは「エリコが行く高校に私も行こうと思うんだよね」と言った。私は嬉しかった。高校に行っても凛子ちゃんがいれば寂しくない。「頑張ろうね」私たちはお互いを励まし合った。合格発表の日は二人で結果を見に行った。ドキドキしながら受験番号を確認した。私たちは二人とも合格していて、手を取り合って喜んだ。

友情が壊れる音を聞く

高校は中学からとても離れたところにあった。下りの電車に二十分ほど乗った後、駅から自転車で三十分もかかるのだ。なぜ、その高校にしたのかというと、中学のクラスメイトがほとんど行かないから、というのが理由だった。

高校の入学式の日、同じ中学の同級生と凛子ちゃんと学校へ行く。私と凛子ちゃんは入学式の最中もペチャクチャとおしゃべりしていた。

しかし、私と凛子ちゃんは別々のクラスになってしまった。その代わり、同じ中学の同級生と一緒のクラスになった。その子はいじめるような子ではなかったので、一緒のグループに入れてくれたが、私はクラスでなるべく一人でいるようにした。中学のいじめで心が傷ついていた私は、人に心を許したらいじめに遭うと思い込んでいたのだ。

だから凜子ちゃん以外に心を許さなかった。お互いクラスの仲良しグループには所属していたけれど、休み時間になると凜子ちゃんのクラスに遊びに行ったし、凜子ちゃんも遊びに来てくれた。中学の時みたいに二人でバカ笑いして過ごした。同じ中学の生徒が少なかったせいか、高校ではいじめに遭わないですんだ。蹴られたり、バカにされていたずらされるということは起きなかった。

凜子ちゃんは高校生になってもテニスを続けていた。不思議なもので、運動部に入っている人というのはそれだけでカースト上位になる。そして、ブラバンや軽音部以外の文化部はなぜか下位になる。凜子ちゃんは私が見る限り、いつも誰かと一緒にいたし、大きな口を開けて笑っていた。

高校二年になると、凜子ちゃんは他の子と急速に親しくなった。真っ赤なほっぺをした、まるでオカメみたいな顔をしたその女の子は、付き合いたての彼氏のことを凜子ちゃんに話していた。凜子ちゃんは嬉しそうにその話を聞いていた。凜子ちゃんには彼氏がいると噂で聞いていたので、そういう話も大丈夫なのだろう。そして、私はそれを教えてもらえていなかった。私は勇気を出して話しかけて、会話に交ぜてもらった。

「私、キスが好きなの。超気持ちいい」

デレデレと話すオカメみたいな女の子の話を聞いて、正直不快感を覚えた。なんだか下品な気がしたのだ。

「実はさー、私も付き合っている人いるんだよね」

凛子ちゃんが告白してきた。

「え！　嘘！　だれ？」

彼氏がいるのを知らないフリをして聞いてみると、違うクラスの男子で、顔がニキビだらけの上に、制服のズボンをボンタンにしている、イケてるとは言えない男子だった。正直、趣味が悪いと思った。

「キスしてないの⁉」

オカメの子が凛子ちゃんに聞く。

「えー、実は、この間、相手の家に遊びに行って、胸を揉まれてキスされた」

凛子ちゃんは、恥ずかしそうというより嬉しそうだった。

「えー！　すごい！」

素《す》っ頓狂《とんきょう》な声を上げながら、私の心は遠くに行ってしまっていた。私は好きな人すらいなかったたし、自分がそういう対象になる想像がつかなかった。

「キス、いいよね～～」

オカメの子がとろけそうな顔で言う。

「ね～～～」

凛子ちゃんも同意する。私はポツンと取り残された。

しばらくして、凛子ちゃんは休み時間はいつも私のクラスに来ていたのに来なくなったし、廊下でオカメの子と楽しくおしゃべりをしている姿がよく目に入った。二人とも彼氏との恋愛の話で盛り上がっていた。ある朝、凛子ちゃんを含めた、中学の元クラスメイトたちと通学している時、凛子ちゃんは彼氏とセックスしたことをやんわり告白してきた。

私は凛子ちゃんが遥か遠くに行ったのだと感じた。凛子ちゃんとオカメの子はどうやら休日も二人で遊んでいるらしくて、私は寂しくて仕方なかった。一緒に船に乗ったり、風に流された凛子ちゃんはもういないのだ。

私は、ノートにずっと日記を書いていた。その日あったことや、悩んでいることを書き記していたのだが、その日のノートにはこう書いていた。

「ずっと一人で生きていく。誰のことも信じちゃいけない」

友達が他の子と仲良くなるということは、大人からしたら大した問題じゃないかもしれない。けれど、この頃の私にとっては大きな出来事だった。凛子ちゃんを失ったら友達が誰もいなくなってしまう。私は徐々に元気がなくなった。そのうち眠れなくなり、死にたくなった。

私たちはもう二人きりで遊ばなくなった。廊下で会えば挨拶するし、凛子ちゃんの友達と一緒にみんなで遊んだこともあるけれど、私の心は冷え切っていた。私は次第に凛子ちゃんを憎み出した。凛子ちゃんは私を裏切ったのだと勝手に決めつけた。

高校三年の三月、私は美大への進学を希望していたのだけれど、両親の反対に遭い、短大に進学することになった。凛子ちゃんは進学しないで就職した。進学しないのは、やはり一人親家庭だからだろうか。色々考えたけれど、結局よくわからなかった。それに、最近は凛子ちゃんと深い話もしなくなっていた。凛子ちゃんは私の元に戻ることなく、新しい友達と仲が良いままだった。私たちの友情は自然消滅していた。

私と凛子ちゃんのその後

短大に進学して、最初の頃こそ友達ができなかったが、後半は友達ができ始め、夜遊びをしたりバイトをしたりしていた。サークルで好きな先輩ができて、付き合うことはできなかったけれど、何回か一緒に飲みに行ったりした。友達ができて、好きな人もいて、たくさん遊んだ。私は次第に凛子ちゃんのことを忘れていった。

短大卒業後、就職先が見つからず、実家に引きこもるようになった。その後、東京で一人暮らしを始めて、なんとか編集の仕事に就いたけれど、あまりの労働環境の酷さから自殺を図り、精神科に入院した。

退院したあと、私は母と二人、団地で暮らし始めた。私は再就職もできず、人生を諦め切っていた。することがないので、朝からずっとゲームをしていた。そんな折、凛子ちゃんから久しぶりにメールが来た。

「久しぶり！　今どうしてる？　よかったら遊びに行っていい？」

私はあまり会いたくなかった。私を捨てて新しい友達を作った凛子ちゃんのことを恨んでいたし、私の人生は最低だったからだ。でも、私は寂しさから「いいよ」と返事した。

凛子ちゃんはわざわざ私の家まで来てくれた。そして、昔のように大きな口を開けておしゃべりを始めた。今はハンガーを売っていること。年上の彼氏ができたこと。しゃべり続ける凛子ちゃんの横で私はゲームをしていた。

凛子ちゃんはきっと私のことを懐かしく思ってくれたのだと思うし、私も凛子ちゃんが懐かしかった。だけど、私は素直になれなかった。仕事もなく、彼氏もおらず、ただゲームするしかない毎日を送っている自分は凛子ちゃんの顔を見ることができない。そして、凛子ちゃんは私があの当時、傷ついていたということも知らない。

「ねえ、高校の時、仲良かった人、いたじゃん。彼氏がいた子。あの子とはまだ会っているの？」

勇気を出して尋ねると、凛子ちゃんは笑顔のまま答えた。

「うーん、もう会ってないかな」

私は少しホッとしていた。その言葉を聞きながら、私はゲームをやり続けた。ゲームをやめて凛子ちゃんと向き合いたくなかった。

私は、高校時代に私の元を去って、別の友達を作ったことを怒っていたのだと伝えたかった。でも、そんなことを口にする勇気もない。凛子ちゃんは黙ったり、話し出したりしていたが、私は生返事をするのみで、ゲームを続けていた。私の視界の隅につまらなそうにしている凛子ちゃんの姿が映る。そして、夕方になって凛子ちゃんは精一杯の笑顔を作って「帰るね」と言って帰った。それきりなんの連絡も来なくなった。

私と凛子ちゃんの友情の話はこれでおしまいである。今思うと、せっかく訪ねてきてくれた凛子ちゃんに対してとても酷いことをしてしまったと思う。凛子ちゃんだって、あの当時のことを覚えているはずだ。その上で私を訪ねてきてくれたのだから、もう一度仲良くしたかったのだろう。

私は時々、自分の心の狭さに情けなくなることがある。私は歳をとっても人を許すことや、和解することができない人間なのだ。凛子ちゃんと過ごした中学時代は本当に楽しかったし、私の中ではキラキラと光る宝石のような時間だった。しかし、凛子ちゃんが私を訪ねてきてくれた時期、私は人生で一番最悪な状態だった。社会から弾かれて、毎日行くところもなく、お金も稼げなくて、暗黒の日々を送っていた。

もちろん、辛い時期だったから凛子ちゃんに明るく対応できなかったというのは言い訳でしかない。だが、仕事を得て、元気な今なら、凛子ちゃんと明るく話せそうな気がする。

凛子ちゃん、今も元気でいますか？　結婚はしましたか？　仕事は何をしていますか？　子供はいますか？

大人になって会いに来てくれた時、冷たくしてしまってごめんなさい。本当は嬉しかったのに、素直になれませんでした。高校生の時、凛子ちゃんに新しい友達ができて、寂しかったし、悲しかったのです。でもそれを伝えることができませんでした。

思えば、凜子ちゃんの新しい友達に嫉妬してしまうくらい、私は凜子ちゃんのことが好きだったのです。大好きな凜子ちゃんが同じ空の下で、今も元気でいてくれたらと願うばかりです。

十年以上引きずり続けた失恋

高校を卒業したら美大に進学するつもりでいたが、家族に反対されて、私は短大の国語国文学科に入学した。私は、美大に入れないのなら、せめて美術サークルに入って作品を作りたいと考えて、早稲田大学の美術サークルに入ることにした。

その美術サークルの新歓コンパがあるというので、集合場所である高田馬場駅前のビッグボックス前でぼんやり立っていると、入部の時に説明をしてくれたサークルの部長の姿を見つけた。部長は文学部の三年生で、美術史を学んでいるという。そして、男なのに女のように細かった。徐々に人が集まってきて、部長が人数確認をする。

「じゃあ、移動しまーす!」

その声に引き寄せられて、みんなも歩き出す。居酒屋に入り予約してあった席に通される。部長がまとめて注文を取り、なしくずし的にコンパが始まったが、美術サークルだからか、特にこれといった盛り上がりのない新歓コンパだった。

少し離れた席では、別のサークルの人が、「イッキします!」などと叫んでいる。

そんな彼らを横目に、私たちは低めのトーンで周囲の人と会話を続けた。私は、近くの席の相手は何が好きで、何を考えているのかあれこれ探りながら、話し続けた。

夜の九時近くになって解散の流れとなった。今日会ったばかりの知らない人たちに、「お疲れ様でした」と言い、茨城の家まで、一時間半電車に揺られて帰った。

短大では真面目に授業に出ていた。コツコツとノートを取るものの、頭の片隅では自分が本当にやりたいことは絵なのに、と考えると暗い気持ちになる。しかし、授業が終わればサークルに行って思い切り絵を描けるのだ、と思うとやる気が出た。

授業が終わった後、まっすぐに早稲田大学に向かう。お腹が減ったので、途中のコンビニでパンを買った。私は肩で風を切ってサークルに向かいながら、これから本当の授業が始まるのだと自分を鼓舞した。高校生の時から履いている紺のコンバースで大地を蹴飛ばして、大きな顔をして早稲田通りを歩いた。

早稲田大学にはたくさんの立て看板や、ポスターがあって、活気が感じられた。サークルは大学の地下にあって、まるでレジスタンスの基地みたいだ。私は入りたての美術サークルの部室に入り「こんにちは」と挨拶する。新歓コンパで見知った顔がいて、同じように挨拶をしてくれた。美術サークルなのになぜか絵を描いている人があまりいなくて、部室にあるギターを弾いたり、雑談をしたりしている人が多い。隅っこの方で、大きな板に絵を描いている人を見つけた。

「それ、なんの絵ですか？」

筆を止めて、部員の男性が答えてくれた。

「ああ、部員勧誘の立て看。よかったら少し手伝ってよ。この下描きのところを青く塗るだけだから」

そう言って、絵を指し示した。

「やります！」

私は元気よく答えて、カバンを置いた。

色塗りを自分に任せてもらえたことが嬉しくてしょうがなかった。

男性は私が絵を塗り始めると、自分の仕事は終わったかのように、他の部員としゃべり出した。好きで描いていたというより、誰かに頼まれたから仕方なく描いていたのだろう。

一時間くらい描いた後、休憩していると、部員の女性にノートを渡された。

「これ、サークルのノート。連絡事項はここに書いてあるから、時々目を通してね」

見てみると重要事項というより、仲間内の連絡ノートのようで、「金曜日に飲み会をやるので参加する人は名前を書いてね！」とか、「〇〇さん、この間の千円返すので、水曜日に来てください」などと書いてあった。

パラパラとノートをめくっていると、

「そうそう、再来週に交流会として、みんなでロッジに泊まるんだけど、小林さんも来る？」

　と声をかけられた。

　私は、友達のいない寂しさから、二つ返事で、

「行きます！」

　と答えた。

「じゃあ、そのノートの一番新しいところに、参加者募集しているから、名前書いといて。参加費は五千円だから」

　そう言われて、名前を書き込む。中学でいじめに遭い、高校で友達を作らなかった私が、すごい進歩だ。私は小躍りしながら、ロッジに泊まりに行く日を楽しみにしていた。

先輩のジャケット

　土曜日のお昼過ぎ、サークルのみんなと駅で待ち合わせをして電車に乗り込む。目的地に着いてから、みんなと一緒にスーパーでお酒やジュース、お菓子を買い込んだ。こういうことに慣れていないせいか、胸がワクワクする。

　大学生になると、コミュニケーションの一環として酒が入る。とにかくみんなよく

飲んでよく笑っていた。私はうまく話の輪に入れなくて、一人でグイグイ飲んでいたら部長に話しかけられた。話しているうちに映画の話になり、とても盛り上がった。部長は映画が好きらしく、かなりの数を見ていた。

私は部長が口にした映画を全て見ていたので、彼は「小林さん、すごいね」と、ちょっと驚いた顔をして言った。気がつくと、二人だけになってずっと話し込んでいた。黒澤明、ゴダール、チャップリン。その時、そばにいた男の人が、「うげええええ」とうめきながら食べたものをその場に吐き出した。部長はすぐにその人のそばに行き、顔を横にして吐くのを手伝ってあげた。

「こうすると、喉に詰まらないから」

そう言いながら背中を撫でている。

そして、

「水を持ってくるから、小林さん、ちょっと彼を頼む」

と、ぐったりしている男性を預けられた。酔って吐く人を初めて見たショックで私が呆然としていると、しばらくして部長が水を持って戻ってきた。

ふと顔を上げると、床の上で男女が絡み合っていた。二人ともかなり酔っていて掛け布団をかぶりながらお互いを弄《まさぐ》り合っている。

「ちょっと、やめなよ」

誰かが制する。

「もう、仕方ねーよ。誰かコンドーム持ってねえの？」

男性が立ち上がり、バッグからコンドームを出して、布団の中の二人に渡す。

「他にも借りているロッジあるだろ、そっちに移動してもらって」

男女二人はもつれ合って笑いながら、別のロッジに消えた。私は目の前で起こったことが信じられなくて、頭の中が沸騰しそうだった。私は男性と付き合ったことも、手を握ったこともない。その場の勢いで、セックスしてしまう男女がいるのにも驚いたし、このサークルはそういうところなのかと疑ってしまう。しかし、その男女が消えると、また、みんなは普通に飲み始めた。気がつくと、時計は深夜二時を指していて、私はうとうとしてきた。酔って吐いた男性は隅っこで寝息を立てていた。私も適当なところを見つけて横になった。なんだか、今日は色んなことがあった。私はみんなの話し声をＢＧＭに眠りについた。


明け方、目を覚ますと体の上にジャケットが掛けられていた。誰のだろう、と手に取ると、それは部長のものだった。私は胸がドキドキした。こういうさりげない優しさを私は男性から受けたことがない。私は部長にジャケットを返すために、キョロキョロと辺りを見回したが、ロッジの中には見当たらない。外にいるのだろうかと思い、靴を履いて外に出る。少し歩くと、部長が朝もやの中に立っていた。

「部長」

声をかけると、部長はタバコをくゆらせながら、ゆっくりとこちらを見た。

「あの、これ、返します」

私は手にしていたジャケットを突っ返す。

「まだ寒いから、着ていていいよ」

私はなんだか、モゴモゴしてしまった。

「じゃあ、着ます」

そう言って、ジャケットに腕を通す。それはとても大きくて、ブカブカだった。たったそれだけのことが、私は女で部長は男であるということを教えてくれた。

「ちょっと散歩してきます」

私は行くあてもないのに、スタスタと歩き出した。私はずっとこのジャケットを着ていたくて仕方がなかった。


早稲田大学のサークルには週に二回くらい顔を出していた。週に一度、交流会という名の飲み会が行われていて、私はそれに毎回参加していた。

木曜日に行われる交流会は他の大学からの参加者も多かった。このサークルに在籍してわかったのは、部長以外のほとんどの人が絵を描かないことだった。大半の人が出会いを求めて入部していた。

交流会はいつも参加者がたくさんいた。N大学の女子たちはタバコをふかしながら「こんばんは〜」となよなよと現れる。彼女たちはバッチリ化粧をしていて、目の周りはアイラインで真っ黒だった。

しばらくして、私はこの女性たちは早大生と付き合いたくて、このサークルに来ているのだろうか、と考えるようになった。そして、自分も他の大学の人間なので、この女子たちと同じように見られていたら嫌だなと思った。

絵を描きたくてサークルに参加しているのであって、男が目的だと思われたくない。それに、早稲田大学という名前につられて集まる女子も嫌いだった。そんなに早稲田がいいのなら、自分が早稲田に入学すればよかったじゃないか。入れないのだとしたら、それに見合う収入を得られるくらい自分で努力して稼げば良いじゃないか。早大卒の男性と結婚して、一生、人の金で飯を食うつもりなのだろうか。

私はずっと父親に「誰のおかげで飯が食えると思っているんだ」と言われて育ったので、こういう考えになってしまった。しかし、男尊女卑が激しいこの社会で、女が高額の収入を叩き出すのはとても難しく、生活を男に頼る女が存在するのは仕方ない。けれど、私はそういう女子たちを好きになれなかった。白やピンクの服を着て、甘ったるく男性に話しかけるその姿は女性の中の醜悪な部分を見せつけられているようだった。


交流会に参加する人が集まり、酒の買い出しに行くことになった。

私はやることがないので、率先して、

「行きます！」

と宣言した。

すると、部長が、

「一人じゃ大変だから僕も行くよ」

と言って腰を上げた。

部長と一緒に夜の高田馬場の街を歩く。二人きりになって気まずいので、私は自分からペラペラとしゃべり始めた。部長はふんふんと頷いている。そして、車道側を歩く私を「危ないから」と言って制した。私は部長に守られる形で歩いた。私を女性として扱う部長にちょっとびっくりした。こんなに色気もなく、女らしさのかけらもないのに。

二人でコンビニに入り、酒やおつまみを買う。私は当たり前のように酒ばかりが入った重いレジ袋を持ったのだが、部長が、

「それは重たいから、小林さんはこっち持って」

と言っておつまみばかりが入った軽い袋を差し出した。

「え！　いいですよ。私、重くても平気です」

そう言ったが、

「いいから、いいから」

と言って部長はレジ袋を奪い取った。

私は申し訳ない気持ちで軽いレジ袋をぶら下げて歩いた。そして話を続けた。なぜだか、部長とは興味のアンテナが一緒で、いつまで話していても飽きなかった。それは部長も一緒だったのかもしれない。


部室に戻ると、みんなは待ってましたとばかりに、酒の缶を手にした。

「かんぱーい！」

男女とも話したい人のそばにそれとなく近づいて酒を片手に会話を始める。私が一人で座っていると部長が隣に座ってきた。二人してお酒を飲みながら大好きな映画の話をした。お酒を飲みすぎたせいで少し頭がぼんやりする。

突然、部長が私の目の前にポッキーを差し出して食べさせようとしてきた。私はちょっと戸惑ったが、それをパクリと食べた。そして、私も部長の手元のポッキーを取り、彼の目の前に差し出す。部長は口を開いてそれを食べた。私は胸をときめかせながら奇妙な気持ちでいた。中学でいじめに遭い、クラスメイトに蹴られたりしていた私は、いつも学校では最下層にいて、恋愛とは無縁の生活を送っていたからだ。

短大でのお昼は憂鬱だった。一人で席に座り、A定食の鶏肉のトマトソース煮を黙々と食べる。うちの大学は全館禁煙なのだが、それを守っている人は一人もいなくて「禁煙」の張り紙がそこいらじゅうにベタベタ貼られていた。食堂はタバコの煙でもうもうとしている上に、灰皿がないので水を入れるコップを灰皿代わりにするという、あまりにも素行が悪すぎる女子大生ばかりだった。

ある日、ゴミ箱に年賀状が捨てられていた。不思議に思って見てみると、大きな会社の偉い人宛の年賀状で差出人にはキャバクラの店名と源氏名が書いてある。うちの大学の学生がキャバクラに勤めていて、いらなくなった年賀状を捨てたのだろう。

通っている短大の女の子たちはとても派手で、男遊びもたくさんしているようだった。そこかしこから聞こえてくるのはあけすけな性の話や、お金の話ばかりで気が滅入ってくる。私は彼女たちとは価値観が違いすぎて友達になりたくなかったし、ならなかった。私は短大で隠者のようにひっそりと棲息していた。

初めてのデート

私は大学が終わると、世界堂に行くために新宿に向かった。東京には世界堂という画材専門の店があると高校の時に知ったのだ。しかし、東京の土地に不慣れな私は、世界堂がどこにあるのかさっぱりわからないでいた。インターネットもない時代、目的の店を探すのは一苦労だった。その日は新宿をぐるぐる回ったが、結局、世界堂を見つけられず、諦めて早稲田大学に向かった。

サークルの部室に行くと、部長は油絵を描いていた。私はぼんやりとそれを眺めながら、

「私も油絵やってみたいんですよね。世界堂に行こうと思ったけど、場所がわからなくて」

と話しかけた。

部長は驚いた顔をして私を見た。

「世界堂なんて簡単じゃん。マルイとか伊勢丹の方にまっすぐ行けばいいだけだよ」

筆を止めて、私にそう答えてくれた。

「なんだかわからないけど、ぐるぐる回っておしまいなんですよね。いつも見つけら

れない」

私は部長の筆先を見つめながら続ける。

「簡単だけどね」

そう言って、部長は絵に向き直った。


私は部長に連れて行ってもらいたかった。先日の飲み会以来、私は部長のことを恋愛対象として意識するようになっていた。二人で行けたら最高だと思うが、他の部員がいる前で誘うことはできなかった。

夜になったので家に帰ることにした。帰りの電車の中で、どうやったら部長と世界堂に行けるかを考えていた。直接連絡を取りたいけど、どうしたらいいだろう。そういえば、最近サークルメンバーの連絡先が書いてある冊子が配られたではないか。それで調べれば部長の電話番号がわかるかもしれない。

家に着いてから、机の上を探すとその冊子はすぐに見つかった。ページをめくると部長の連絡先がすぐに目に入った。電話しても大丈夫だろうか。まだ携帯電話のない時代、かけるのは自宅の固定電話である。親が出たら嫌だ。しばらく考え込んでいたが、別にデートの誘いではなく、世界堂の場所を教えてもらいたいだけのことだから、恥ずかしがることは何もない、と自分に言い聞かせた。

時計を見るとまだ九時を過ぎたばかりだった。電話をかけるのに失礼な時間帯じゃない。

私はドギマギしながら、プッシュホンの数字ボタンを押す。プルルルと呼出音が鳴り、女の人の声がした。どうやらお母さんのようだった。震える声で、自分はサークルの後輩で、部長に替わって欲しいということを伝えた。手が汗ばんでベトベトする。しばらくすると部長が電話に出た。心臓がバクバクと脈打つのがわかる。

「あの、小林です。部長にお願いがあって、世界堂の場所がわからないから、連れて行って欲しいんですけど」

喉がカラカラに渇いてしまって、声がうわずる。

「ああ、そういえば、行き方がわからないって言ってたもんね。いいよ。一緒に行こうか」

部長の声は涼しげだった。

そのまま約束を交わし、日曜日に新宿で待ち合わせることになった。私は嬉しくて飛び上がりそうだった。

日曜日、待ち合わせ場所のアルタ前に部長は先に着いていた。茶色と白のボーダーのシャツにジーンズの彼は、いつもと同じ涼しげな顔をしている。私は相変わらず化粧もせず、ブラジャーもつけず、男の子みたいな格好で部長に小走りで駆け寄る。

「部長！」

声をかけると、ゆっくりと部長は手を上げた。それだけで、胸がいっぱいになり、甘い気持ちになった。

部長の横に並び、二人で歩きながら、取り留めのない会話を続けた。会話が止まってしまうのが怖くて、私がペラペラとしゃべり続けていると、あっという間に世界堂に到着してしまった。

「本当にあっという間に着きましたね」

私はそびえ立つ世界堂を見ながらあっけに取られていた。

「そうだよ。簡単だよ」

そう言って部長はちょっと笑った。

かけがえのない一杯

田舎出身の私にとって、ビル全てが画材屋というのは夢のようだった。私は始終キョロキョロしていた。

「あ、あの、私、油絵を始めたいので、そのセットが欲しいんです」

部長に伝える。

「油絵ならもう一個上だね」

そう言ってエスカレーターで上る。

油絵のコーナーに行って、二人で物色する。私は入ったばかりのバイト代を持ってきていた。

「初心者なら、これがいいんじゃない。道具が全部揃ってるし」

私は部長が指し示した油絵の具のセットを手に取った。一万円近くするが、財布の中は潤沢だ。キャンバスも欲しいと言う私の言葉に従うように店内を移動する。私は部長の背中を頼もしい気持ちで見ていた。

レジに向かう途中、

「世界堂カードは絶対に作った方がいいよ。今日のお会計一度で入会金がチャラになるから」

と部長は教えてくれた。

私は部長に従い、世界堂のカード会員になり会計を済ませた。意外に早く買い物が終わってしまった。二人で世界堂を出て、私はもうお別れなんだと寂しくなった。とぼとぼ歩いていると、部長が、

「ちょっと寄って行こうか」

と世界堂のすぐ脇にあるシャノアールを指差した。

「え！　あ、はい！」

私はびっくりして、大きな声を出してしまった。男の人と喫茶店に入るのは初めてだ。ドキドキしながら地下への階段を下りる。

一杯二百円のコーヒーを注文して、二人で向かい合う。彼はタバコを取り出して火をつけた。私もタバコはたまに吸うのだけれど、なんとなくやめておいた。コーヒーを飲みながら会話を始めると、あっという間に楽しくなった。飲み会の時のように映画や本の話をし続けていたら、もう一時間以上も経っていた。

「そろそろ帰ろうか」

そう言って部長は会計をしにレジに向かう。私は財布をいそいそと取り出した。

「ここのお金はいいよ」

事も無げに部長は言う。

「え！　いいですよ。自分の分は自分で払います！」

そう強く言ったが、いいからいいからと押し切られてしまった。無理やり払うのも失礼かと思い、私は奢《おご》られることにした。そして、感謝を示そうと、九十度のお辞儀をした。たかが二百円のコーヒーかもしれないが、初めて男性に奢ってもらったコーヒーはどんな高級豆でも、どんな名店のコーヒーでも敵わない、かけがえのない一杯だった。

二人きりの夜

高田馬場駅で降り、早稲田通りを急ぐ。お金のある人は地下鉄に乗って早稲田大学付近まで行くらしいが、私は地下鉄代が惜しいので、必ず高田馬場から歩いていた。夕方から夜までお腹が持たないので、いつもコンビニでスイートブールという、でっかくて中身が何も入っていないパンを買って部室で食べていた。

サークルにも慣れてきて、ほとんどの人と顔見知りになり、普通に話ができるようになった。部室に向かうと、部長が椅子に座って、タバコをふかし、他大学の女子と雑談を交わしていた。

私は軽く挨拶をして、イーゼルに自分の絵を立てかける。縦横一メートルはある油絵で、黒いバックから赤く浮き上がるジャニス・ジョプリンを描いていた。ほぼ出来上がっているのだが、納得がいかないので、今日も手を加えようと思い、部室に来たのだ。

絵を描いている部員は部長と私だけという、ギリギリで美術サークルとしての体裁を保っているうちのサークルだったが、写真や洋服作りを始める人などが現れ、なんのサークルなのかはっきりしなくなっていた。しばらく絵を描いていると、みんなぱらぱらと帰宅してしまって、私と部長だけになった。

部長が私に向かって、

「小林さん、この後暇だったら飲みに行かない？」

と誘ってきた時は、嬉しくて、急いで絵の道具を片付けた。絵よりも恋の方が大事だった。


私は油絵の道具を適当にしまい、部室を出る準備をする。部長が部室の明かりを消して、二人で外に出た。誰かに見つかってしまわないかと少し緊張したが、早稲田大学は相当広いので、その心配は無用だった。

私は部長の横でヒョコヒョコ歩きながら、

「どこに飲みに行きますか？　私が友達とよく行くところは、駅に近い焼き鳥屋で、カエルとか食べられるとこなんですけど……。あっ！　部長、カエル食べたことあります？　私この間食べたんですけど、鶏のささみみたいで結構いけましたよ」

私は畳み掛けるようにバババと続けた。

「これから行くとこは、駅からちょっと歩くんだけど、安くて美味しいとこだよ。カエルはないけど」

と部長は苦笑しながら答えてくれた。

早稲田通りを二人で歩く。秋の風が吹いていて肌に心地いい。好きな男の人の隣にいられることが心から嬉しくて足取りも軽くなった。

高田馬場駅から、さかえ通りに入る。こちらの方はあまり来たことがない。とある雑居ビルの狭い階段を上がったところにお店はあり、すでに店内は混んでいた。部長が「二名」と店員さんに告げて、奥の小さなテーブルに通される。居酒屋なのに、なぜか壁には「イージー・ライダー」のポスターが貼ってあるので、それを見て二人して笑ってしまった。

店員さんにビールを頼み、ジョッキを傾けて乾杯する。いつも通り、映画の話をして、それから文学の話をした。そして、自分の家族の話もした。部長は私の父親の面白いエピソードを聞いて笑ってくれた。部長がポケットからタバコを出して、目を細くして火をつける。それを見ていたら私もタバコが吸いたくなり、自分のタバコを探してカバンの中に手を突っ込んだ。キャスターの箱をトントンと叩きタバコを出す。私がタバコを口にくわえると部長が火をつけてくれた。深く息を吸い、煙を吐き出す。二人のタバコの煙が混じり合う。少しクラクラしたがそれが気持ちよかった。

お互いのビールを飲むペースがほぼ一緒で、二人とも同時に二杯目を飲み干すと、部長は、日本酒を頼んだ。

「えー、日本酒、大丈夫ですか。かなり酔いますよ」

私が少し心配して言うと、

「大丈夫、大丈夫」

そう言って、出てきたおちょこ二つに日本酒を注いだ。私は全てのお酒が大好きなので、日本酒ももちろん大好きだ。お互い学生なので、高い日本酒は頼めなくて「酒」とだけ書いてあるものを飲んだ。

「これ、なんの酒なんだろうね」

そう言って部長は笑った。一合三八〇円の日本酒を飲んで私たちはご機嫌だった。

部長と映画の話をしている時だった。

「え？　小林さん、『素晴らしき哉《かな》、人生！』見てないの？」

部長が意外そうな顔をして言った。

「見てないです。監督は有名な人ですか？」

私が聞くと、

「監督は、フランク・キャプラ、だったかな。見ていないなら貸してあげるよ」

部長は日本酒を口に運びながら約束してくれた。そして私のおちょこが空になったのを見て、日本酒を注いでくれる。

「じゃあ、私も映画貸します。今、好きなのは、ディズニーの『美女と野獣』なんです。セル画をたくさん使っているから動きが綺麗なんですよね」

セル画の数を気にするところなど、実にオタクらしいと思うが、私はオタクなので仕方がない。それに、部長も映画オタクというジャンルに入っていると思う。

「あー、だいぶ酔ってきました。ちょっとヤバいかも」

私が部長にそう告げた時、二人で日本酒を三合飲んでいた。

「そろそろ行こうか」

時間は九時半を回っていた。部長がレジでお会計を済ませる。私はぴったり半分の金額を出したのだが、部長はなかなか受け取らない。結局、端数は部長が出してくれた。私はお礼を言って店を出た。楽しかったせいか、随分酔ってしまった。足元がおぼつかない。

「大丈夫、つかまる?」

そう言ってくれた部長の言葉をありがたく受け取って、腕にしがみつく。

「ちょっと、公園に寄ろうか」

二人で夜の街を歩く。私はここいら辺の地理はわからなくて、部長の腕をつかんで、後をついて行った。

彼が連れて行ってくれた公園はだだっ広く、街灯が二個ほどあるだけで、薄暗かった。空いているベンチを見つけ、二人して腰を下ろす。私がだらりと腕を下ろすと、部長は私の手を握りしめた。私は酔っていて、ぼんやりしていたが、それはとても心地よかった。

他人と悲しみを共有するということ

公園はとても静かで、周りには誰もいなかった。私は部長に手を握られながら、死にたくて仕方がなかった。

それは、恋愛によって引き起こされるであろう変化への不安であり、私がもともと持っている生への不安でもあった。

好きな人がいるということは厄介だ。自分の人生だけでも大変なのに、不安や苦労が二倍にも三倍にもなる。相手が私のことをどう思っているのか、他に好きな人がいやしないか、私は夜の公園で手を握られながらも、とても不安だった。その不安の原因は、部長が私のことをどう思っているのかをはっきり言ってくれないことが大きかった。

私は、自分が男性から愛されるに値しない人間だということを心の底から理解していたので、こうして二人でいても心が揺れ動いて仕方なかった。

私は、はらはらと涙を流した。慢性的にうつ状態であった私は、よく泣いていた。高校の授業中もよく泣いていたが、人前で泣くのは初めてだった。

「部長、私、精神科に行っているんです」

私は隠していることを言った。

「うん、そんな気がしていた」

部長は大して驚かなかった。そして、親指で私の涙を拭った。

「生きているのが不安で、よく死にたくなります」

私は独白するように言葉を紡いだ。

「人間が、自分の寿命を決めるのは良くないよ」

部長はそっと呟いた。

「僕は、小林さんの気持ちがわかる、というようなおこがましいことは言いたくない」

部長は真っ当で正しかった。

私は部長の横顔を見た。目は街灯の光を反射して、キラキラと輝いていた。私はうっとりするようなその瞳を眺めた。遠くで誰かの声が響く。私は部長の鎖骨に目がいき、それを触りたいと思った。触るのは失礼だろうか、と考えたが、酔っているせいもあり、私は手を伸ばした。部長の体が少し震えた。部長の鎖骨は滑らかで、すべすべしていた。

私は人生で初めて人に触れる喜びを知った。

部長が私の手を握り返す。私もつられて握り返した。それだけで、胸の中に強い香水が垂れたような気分になり、息もできないほどだった。どれくらい、こうしていただろうか。私はふと時間が気になり、時計に目をやる。

「終電、大丈夫ですかね」

私が言うと、

「大丈夫だよ。まだ電車は動いているから」

部長はそう言って、まだ離れるのが惜しいという風に二人で手を握り合っていた。家が遠いので、帰れるかどうか不安だ、という私のために、立ち上がり、駅へ向かう。部長はのろのろと歩みを進めた。私は部長が私のことを好いているのかどうかがわからなくて、とても不安だった。

どこで間違えてしまったんだろう

季節はすっかり冬になり、大学も冬休みに突入した。大晦日《おおみそか》、私はコンビニのバイトのため、高田馬場にいた。こんな年末にバイトだなんて憂鬱だけれど、今日、私には楽しみなことがあった。先日、部長から、一緒に年越しをしないかと誘われたのだ。

大晦日のコンビニは客もまばらでいつもより暇で、私はカップラーメンのホコリを払いながら、シフトが終わるのを待った。十時になってバイトが終わりコンビニを出ると、部長が横断歩道を渡るのが見えた。一息置いて、「部長！」と声をかける。いつものように片手を上げる部長の姿を目にして安堵した。

私は部長の右側に並んだ。

「今日は目黒不動尊に行こうと思う。護摩《ごま》のお焚《た》き上《あ》げをやっているらしいよ」

部長が私を見ながら言う。

「お経、聞けるかな。お経をあげる声って低くてかっこいいから聞きたいなあ」

私は部長の顔を見上げながら話しかける。

早稲田通りを下りながら、会話を交わす。私は部長と手を繋ぎたくて仕方がなかったけれど、我慢した。酔っていた時は触るのに躊躇しなかったが、今は酔っていない。

高田馬場駅から山手線に乗る。電車はいくらか混んでいて、私がドアのところにもたれかかるように立つと、部長はそのドアに手を置いた。部長が片手を置くことで、私は他の乗客たちから守られる形になり、距離が接近して胸が熱くなった。何となく恥ずかしくて、下を向いてしまう。お互い無言のままだった。下を向いている隙にチラリと部長の顔を見た。私の好きな顔だった。

目黒駅で降りて、部長と一緒に歩く。目黒不動尊までの道順を私は知らないので、彼の斜め後ろをついて歩く。私は部長の背中を眺めていた。人通りがなくて、誰も見ていないのをいいことに、私はそっと彼の腕に手を回した。部長はうんともすんとも言わなくて、私の方を見もしなかったが、拒否しなかった。

目黒不動尊では護摩のお焚き上げが始まっていて、荘厳なお経が境内に響いていた。

「ちょっと中に行こうか」

そう言って部長はお焚き上げをしている方へ向かう。お坊さんたちの真ん中で炎が煌々と燃えていて、それを見ていると、こちらまで神聖な気持ちになってくる。

鐘の音が鳴り響き、私は過去の年越しを思い出していた。大晦日はいつも家族と過ごしていて、年越し蕎麦を食べて、紅白を見て、「ゆく年くる年」が終わると布団に入っていた。つい最近までそんなだったのに、今は年上の男性と一緒に過ごしている。

腕時計の針はもうすぐ十二時を指そうとしていた。しばらくすると、お坊さんが勢いよく鐘をついた。どうやら年明けらしい。そこかしこから「明けましておめでとうございます」の声が聞こえる。私は改まって、

「明けまして、おめでとうございます」

と部長に頭を下げた。

部長も、

「明けまして、おめでとうございます」

と頭を下げた。

二人でお賽銭《さいせん》を賽銭箱に投げ入れる。私は、部長と付き合えますようにとお祈りをした。部長は何をお願いしたのだろうか。


冷えてきたからどこかに寄ろうと部長が提案して、深夜のファミレスに行った。お酒が入っていないせいか、いつものように話が進まないし、深夜なのでとても眠たい。話が盛り上がらなくて、嫌われたらどうしようとそればかりが気になった。部長がタバコを吸い始めたので、私もタバコに火をつけた。こういう時のタバコは沈黙の気まずさをうやむやにしてくれるのでとても便利だ。コーヒーを飲んでしまって、することがなくなり、二人して店を出た。

駅に着くと部長は、

「家まで送っていくよ」

と言ってくれたけど、私の家までは一時間以上かかるので、申し訳なくて断った。路線図を見て部長は途中の駅まで送っていくと言った。

深夜一時過ぎの山手線は人がほとんどいなかった。

乗り換えの駅に着いたので、二人して常磐線に乗り込む。いつも一人で乗っている電車に部長と乗るのは変な気持ちだ。

青いシートに腰掛ける。私はこういう時に、何の話をすればいいのかわからなくて、部長が話し出すのを待っていたけれど、部長も口を開かなかった。窓の向こうに浮かぶ街明かりが流れては消えて、まるで走馬灯のようだ。

私はお別れの駅がもっと先ならいいのにと願っていた。人と人は出会ったら、別れがセットになっているけれど、それがとても残酷に思えた。部長は私のことをどう思っているのだろう、少しくらいは好きでいてくれているのだろうか、それとも他に好きな人がいるのだろうか、たくさんの疑問符が浮かんできたが、それを一つも口に出すことができなかった。

お別れの駅に着いた。

「今日はありがとうございました」

と私が伝えると、

「うん、こちらこそありがとう」

と部長も返した。

部長は電車を降りて、乗り換えのホームに向かった。私はその姿をいつまでも眺めていた。

私は相変わらずサークルで作品を制作していた。ジャニスの油絵の次は二メートルの観音像を版画で制作しようと思い、世界堂に板を買いに行った。しかし、二メートルの版画板は売っていないので、板を六枚組み合わせるしか方法がないと店員さんに言われてしまった。一人では運べないと思い、サークルで暇そうにしている男子に手伝ってもらって、板を部室まで運んだ。私は下絵を描いてから、版画の板に観音像を描いた。

高校時代、仏教に傾倒していた私は、棟方志功《むなかたしこう》に憧れていて、少しでも志功に近づきたかったのだ。

ただの溜まり場になっているサークルで、私は観音像を彫り続けた。手首が痛くなると休憩し、疲れが取れたらまた彫る。すごい集中力を発揮して、彫り続けていたら、わずか二週間で完成した。サークルのみんなに手伝ってもらい、インクを塗った版画板の上に和紙をのせて、バレンで丁寧にこすると黒の線が浮かび出す。

初めて制作した巨大な版画。中学や高校では絶対に作ることができなかったそれは、私の心を震わせた。

しかし、サークルの展示の時に体育館に飾ったら、意外に小さく見えてしまって、もっと大きい作品を作りたくなったが、もうすぐ就活が始まるので作品を作る時間があまり取れない。そして、部長も三年生なので就活に入ってしまう。

部長とはたまに電話で話したり、飲みに行ったりした。しかし、最近の部長は以前のように、私に対して積極的な態度を示さなくなっていた。二人で時間を見つけては時々飲みに行っていたが、そのあとに公園に誘われたりすることがなくなった。

私は二人で飲んだあと、すぐにお別れするのが嫌で、

「私、レコード屋に寄って行きます」

と部長に言った。

部長もついて来てくれると思ったのに、

「じゃあ、僕は先に帰るよ」

と言って背を向けて駅に行ってしまった。

私は部長の背中を見ながら、悲しさで胸が詰まった。歩き出す気持ちになれなくて、道路の隅っこにしゃがみこんだ。低い位置から高田馬場の街を見ると、いつもと違ってとても大きな街のように感じる。足早に通り過ぎる人の波を見ながら、私は縮こまってタバコをカバンから取り出す。タバコに火をつけて大きく息を吸って吐くと煙が空を舞う。私は気がつくと、はらはらと泣いていた。

部長はやっぱり私のことを好きじゃないんだ、そう思ったら胸の中に大きな虚無が押し寄せた。生きているのか死んでいるのかわからない。私はここにいるはずなのに、ここに存在している感じがしない。私はタバコの火を左手首に押し付けた。

根性焼きは高校生の頃に始めた。なんとなく、自分を痛めつけたかったのと、生きている感じが乏しかったのがきっかけだった。根性焼きをすると痛覚が刺激され、脳に痛いという感覚が伝わる。しかし、今日の根性焼きはなかなか痛みを感じない。

部長がそばにいないことの寂しさによる心の痛みが増していて、肉体の痛みが感じられない。私はタバコの火をグイグイと押し付ける。肉が焼けるのを感じているのに、痛みがない。私は痛みを感じたくて、火を押し付け続けた。ちょっと痛いような気がして、タバコの火を離すと肉が焼けてえぐれていた。

私はその傷を見たら少しホッとした。私の肉体はちゃんとあると言われた気がしたのだ。涙を拭いて立ち上がり一人で駅に向かう。私は部長が何を考えているのか全然わからなかった。

重たい手紙

季節が変わり、春になった。部長は就活のためサークルに一切顔を出さなくなった。

私も就活が始まっていたのと、部長がいないサークルに行くのが嫌になってしまって、行くのをやめた。

春休み、私は部長に手紙を書いた。便箋にびっしりと部長のことがとても好きであるという内容を綴った。そして、付き合って欲しいとはっきり書いた。

恋愛慣れしていない女の手紙だから、気持ちの悪い内容だったかもしれない。しかし、このモヤモヤした気持ちを抱えて過ごすのは限界だった。重たすぎる愛情をたっぷり詰め込んだ手紙をポストに投函した。

手紙を出してから落ち着かない日々を過ごした。もしかしたら返事は来ないかもしれない。

しかし、三日後、早々と返事は届いた。緊張と興奮で封をうまく開けられなくて、仕方なく手でビリビリに破く。中には私が送ったよりも多い枚数の便箋が入っていた。私は急いで内容を目で追った。大まかな内容はこのようなものだった。

「私のことを好きだと言ってくれてありがとう。ただ、私には今、彼女がいます。これには理由があります。少し説明させてください。私の親友のA君には彼女がいて、その子はBさんといいます。Bさんは私と同じ授業を取っている人です。一度、三人で飲んだ時に結構いい感じだったので、私がBさんに『A君と付き合いなよ』と勧めたことがきっかけで二人は付き合うことになりました。しかし、A君は酷い方法でBさんを振り、Bさんの落ち込み様は傍《はた》から見ていて耐えられないものでした。責任を感じた私はBさんと付き合うことにしました。これがその理由です。多分、私はとても最低な人間だと思います。でも、私は小林さんと連絡を取り続けたいと思っています。大学のパソコンでメールアドレスを取りました。こちらに連絡してくれると嬉しいです」

手紙の最後に、早稲田大学で取ったメールアドレスが記載してあった。

私は最後まで読んで、ボロボロと涙を流した。もう付き合っている人がいるという事実はどんな現実よりも残酷だった。私は布団の上で嗚咽《おえつ》した。鼻水が垂れ、涙で顔がぐちゃぐちゃになっても、泣くのをやめられなかった。

しかしもっと酷いのは、彼女と付き合っているのは、彼女のことが好きだからでなく責任からだということと、私とこれからも連絡を取り続けたいと思っているということだった。彼女がいながら、他の女性と連絡を取るのは彼女に対して不誠実ではないだろうか。

そう思いつつも、私は、連絡を取り続けたいという部長の言葉を見て、この先、部長が彼女と別れたら私と付き合ってくれるのだろうかという、よこしまな想像をしてしまうのだった。
しかし、その時はいつ来るのだろう。一年後だろうか、二年後だろうか。いつになるか決まっていないその時まで私は待てるのだろうか。

次の日、私はペンを執った。そして、部長に手紙の返事を書いた。はっきりと「部長は酷い、誰に対しても誠実じゃない」と綴った。その手紙を出してから、また部長から返事が来た。「まさか、こんな返事が来ると思わなかった。それでも私はあなたと連絡を取りたいと考えています」とあった。

私は何回か、部長にメールを出そうとしたけれど、どうしてもできなかった。部長と連絡を取り続けてしまったら、部長の今の彼女が酷く悲しむと考えたからだ。A君から酷い振られ方をして、その後に付き合った部長からも不誠実な態度をとられたら、彼女は本当に立ち直れなくなってしまうかもしれない。それに、こんな事実を知った今、部長と何を語ればいいのかもわからなかった。

私はそれきり部長に返事を書かなかった。
けれど、もらった手紙は大事に箱の中にしまって、落ち込んだ時に時々読み返した。

十年以上大事に持ち続けていたが、同棲することになった彼氏と引っ越しの作業をしている時に、処分した。

その彼氏とは結局別れたので、手紙を捨ててしまったことを何度か後悔したが、記憶の中で部長が生き続けているだけで充分な気もする。


部長と会わなくなってから、何回か恋愛をしたけれど、相手が酷い人だったり、好きな人とでもうまくいかなかったりした。そして、別れた後、相手を憎むことが多かった。

けれど、部長のことを思い出す時、悲しい気持ちもあるけれど、優しい気持ちにもなる。それは、部長と過ごした時間が楽しかったからだと思う。

彼女がいながら、私と連絡を取りたいと手紙に書いた部長はずるいかもしれないけれど、それ以前に優しすぎたのだと思う。きっと誰も傷つけたくないから、あのような手紙を書いたのだろう。

どんなにたくさんの映画を見ても、どんなにたくさんの小説を読んでも、体験するということには敵わない。私は部長を通して初めて人を愛することと、愛する人を失う悲しみを知った。

夜の公園で何時間も手を握り合ったこと、部長に振られて何時間も泣き続けたこと、あんなに激しい感情は、歳をとった今では感じることができない。得恋と失恋を私に与えた部長は、私の人生を彩る薔薇のようだった。そして、その棘が胸に刺さって抜けないまま今に至るのである。

初めての告白、初めての彼氏、初めての自殺未遂

短大二年の時、就職活動をしたけれど、私はどこからも内定をもらえなかった。時は就職氷河期真っ只中、新卒でも会社に入るのが難しい時代だった。

私は就職先が決まらないまま卒業して、そのまま実家に引きこもった。しばらく実家で腐っていたが、周囲の友人の勧めもあり、東京で一人暮らしを始めた。求人雑誌を購入し就活を再開、受かったのがエロ漫画の編集プロダクションだった。

入社初日、ドキドキしながら職場に足を踏み入れる。マンションの狭い一室には机が並びコピー機や本棚が所狭しと並んでいた。

「今日からここで一緒に仕事をすることになった小林さんです」

社長は私をみんなに紹介した。

「よろしくお願いします」

頭を下げると、職場の人たちが一人一人挨拶をしてくれる。この会社にはエロ漫画を作る班とエロ雑誌を作る班があって、エロ雑誌の方は下の階の一室を借りて仕事をしており、両者が一緒に仕事をすることはほとんどなかった。

社員は全部で十五、六人くらいの小さな会社で、女性社員は三人しかいなかった。

しかも、一緒に仕事をするエロ漫画の班に女は私だけ。男だらけの職場で私の新生活はスタートした。

小さな会社であったけれど、私は期待に胸を躍らせていた。漫画が大好きな私にとって漫画に関われることは嬉しいことだったからだ。

新入社員の私は先輩に付いて仕事を教わった。山田さんは私よりも十歳も年上で細身の男性だった。

漫画の原稿はまだアナログの時代で、写植と呼ばれる、吹き出しの中に貼るセリフを印字したものは編集者が指示を出していた。

「級数表を吹き出しの上に置いて、大体の文字の大きさを測ってみて。これは十二級になるよね」

大小の四角がずらりと並んだ透明のセロファンのような級数表を、ネームと呼ばれる漫画家が描いた下書きの上に置いて説明してくれる。

「大体のセリフはアンチックプラスDB。大きな声とか強調したいところはゴナDB。頭で考えているのはナールだね」

フォントの種類を一度に言われて覚えきれないのでメモをしようかと戸惑っていると、セリフの指示をまとめた紙を出してくれた。

「まあ、これを参考にするといいよ」

私はその紙を受け取って机の引き出しにしまった。

「もうすぐお昼だから一緒に食べに行こうか」

山田さんはそう言って私をお昼に誘ってくれた。学生時代はあまり友達ができなかったし、お昼は一人で取ることが多かったので、なんだか嬉しかった。会社の周りにはお昼を食べるところがあまりなくて、知らないビルやマンションが多かった。

「ここは他の会社の食堂なんだけど、外部の人間が使っても大丈夫なとこ。覚えておくといいよ」

ビルの地下に案内されて、たくさんの大人がいる食堂に入る。

「ここは天丼が美味しいんだよな」

メニューを見ると七百八十円とあって学生気分が抜けきらない私は少し高いと感じたが、せっかくだからと天丼を食べた。甘いタレと油が合わさって口の中にエビの甘味が広がる。山田さんは食べ終わるとタバコに火をつけた。

「午後は小林さんの打ち合わせに同行するから」

私は会社の先輩が仕事をきちんと教えてくれることが嬉しかった。天丼を食べながらたわいもない世間話をした。


新しい毎日はとても新鮮だった。打ち合わせのために知らない駅まで行って、初めての喫茶店に入り、プロの漫画家と話をした。次の漫画の内容はどうするか、キャラクターはどんな風にするか。子供の頃からずっと絵を描いていて、将来の夢は漫画家だと卒業文集に書いた人間にとって、漫画の編集の仕事をしている自分は立派でかっこいい気がした。

漫画家が住んでいる最寄り駅まで出向いて原稿を受け取る。私はこの時プロの漫画家の原稿を初めて見た。迷いのない綺麗な線、美しく貼られたスクリーントーン、髪の毛のツヤベタ。思えば、今まで見てきた漫画雑誌の誌面はザラザラの上質ではない紙だったから、この描写の繊細さは全く再現されていなかったのだ。印刷される前の原稿は芸術品のようだった。

しばらくして、新入社員の歓迎会が開かれた。綺麗な居酒屋で全社員がワイワイと酒を酌み交わす。いつもは仕事の話ばかりだけれど、この時はみんな趣味の話なんかをしていた。

「小林さん、ジャニス・ジョプリン好きなんだ」

山田さんは少し目を丸くして声を上げた。

「俺はジミヘンが好きなんだよね。ギターも弾くよ」

同じ年代の同じ系統の音楽が好きとあって、山田さんと話し込んだ。会社で仲の良い人ができたみたいで嬉しかった。

ファーストキスはディープキス

それ以来、山田さんは週末になると私をよく飲みに誘うようになった。私は家に帰っても一人で飲んでいるだけなので、喜んで誘いに乗った。飲み代は私の分も山田さんが払ってくれた。自分の分を出したかったけれど、私の月給は手取り十二万で生活をするのがギリギリだったので、出すことができなかった。どんなに生活を切り詰めても月末には数千円しか残らなくて、息苦しい日々が続いていた。

いつものように山田さんに飲みに誘われて夜の街に出る。

「今月、金、ねーんだよな」

山田さんがぼそりと呟いた。私はなんだか悪い気がしてしまって、こう提案した。

「それだったらうちで飲みますか？　家で飲めばお金かからないし」

それを聞いて山田さんは「じゃあそうするか」と言って、一緒に私のアパートに向かった。

スーパーでお酒を買い、お惣菜を買い込む。いつも奢ってもらっているんだから場所くらいは提供しないと悪いよな、などと思いながら一緒に家路を急いだ。

アパートに着いて一緒に飲んでいると山田さんの様子がおかしい。妙に無口なのだ。

なんだろうと思いながら、聞くのも変な気がして、私はビールに口をつけた。その瞬間、山田さんは突然私に抱きついてきた。

「好きだ！」

私は初めて男の人に抱きしめられたのと、突然の告白に頭の中が真っ白になった。

え？　え？　え？

頭の中にはたくさんのクエスチョンマークが浮かぶ。今までずっと仕事の先輩だと信じて接していたので、恋愛対象になっているとは思いもよらなかった。山田さんはそのまま私に覆いかぶさった。

嬉しくなかったと言えば嘘になる。私は人生で男の人に求められたことが一度もない。しかも、短大生の時に辛い失恋をしていた。

そのまま山田さんは私に唇を重ねてきた。そして、舌も入れてきた。

「どう？」と山田さんは問いかけてくるが「こういうことをするのは初めてなので」としか言えなかった。山田さんは何回も口づけをしてきたので、この人は本当に私のことを好きなのかもしれないと思い始めた。

今まで生きてきて、誰にも大事にされることがなく、大好きだった人にも振られ、私は自分自身が大嫌いだった。生きている価値もないと思っていたし、早く死んだ方がいいと思っていた。このゴミのような私を好いてくれるのなら、私はこの人の好意に応えるべきだろう。

次の週も山田さんは私の家に来た。そして、初めてセックスに挑んだ。しかし、自分で「俺のはデカイ」と言う山田さんのそれは私の中に入らなかった。グイグイと私の股間にモノを押し付けるが、一向に入る気配がない。

「痛い！　もうダメ！　やめて！」

私は耐えきれなくて山田さんを押しのけた。エロ漫画の中では女の子は喘ぎ声を出しながら喜んでいるのに、私は痛みしか感じなかった。

芋虫のように丸くなり股間を押さえている私に向かって山田さんは、自分の膨張した股間を指して言った。

「俺のこれ、どうしてくれるの？」

私は大声で「知らないよ！」と言った。

それでも山田さんとの付き合いは続いていた。入らなかったそれも、次の週にはなんとか入った。セックスがどんなものなのか、という興味は強かったし、性欲もあったが、私は気持ちいいどころか、行為の最中は痛くてたまらなかった。布団から起き上がると、シーツに血が付いていた。「処女だと本当に血が出るんだな」とぼんやり思った。山田さんは何も言わず、シャワーを浴びてすぐに寝た。

好きじゃなくてもいいから、そばにいて欲しかった

山田さんは毎週末を私の家で過ごすようになった。当たり前のようにセックスしたが、何回やっても気持ちよくなくて、痛いばかりだった。それでも私は自分のことを好きだと言ってくれた山田さんが好きだった。

ある日、手料理をご馳走したいと思い、頑張ってかき揚げを作った。アパートの台所のコンロは電熱線のもので温度があまり上がらないが、揚げ物なら男の人が喜ぶかなと思ったのだ。

玉ねぎと人参のかき揚げを作って、山田さんに出すと、一口食べて「まじい」と言った。山田さんはその後、一人で出かけてスーパーでカキフライを買ってきた。私はカキフライを食べる山田さんを見ながら、自分で作ったかき揚げを食べた。

「かき揚げ食べないの？」

私がそう言うと、

「そんなまずいかき揚げ、食えねえよ」

と吐き捨てるように言った。

「そう？　美味しいよ」

私はかき揚げを口に運びながら、自分の喉の奥に氷の塊みたいなものがこみ上げてくるのを感じた。それでも私は必死にこらえてかき揚げを食べた。初めてできた彼氏を私は失いたくなかった。


「ねえ、山田さんちの最寄り駅ってどこなの？」

一緒に布団に横になっている時に無邪気に聞いた。

「えー、言えない」

山田さんは無愛想に言う。私はどうしたらいいかわからず、自分の爪の先を見ていた。

「そういえば、電話番号聞いてない。必要だから教えて」

私が続けてせがむと一応教えてくれた。

「いいけど、あまりかけないでね。同郷の同居人がいるんだ。あ、男だよ。そいつが出るかもしれないし」

まだ当時は携帯電話が普及していなくて、山田さんは家に固定電話を引いていた。

「家に友達がいるの？　じゃあ、紹介してよ。私も話してみたい」

元気な声を上げて私が言うと、山田さんは苦虫を噛み潰したみたいな顔をして、

「やめておいた方がいいよ」

と言った。


私は編プロで頑張って仕事をしていたが、給料が安すぎて辛い日々を送っていた。それでも、山田さんが週末のデートの時にお寿司を奢ってくれたりしたので、なんとか食いつないでいた。それと同時に、同じ会社で働いているのに、お寿司屋さんに行ける山田さんはいくらもらっているんだろうという疑問が頭をよぎった。数年前はこの会社も景気が良くて台湾に社員旅行に行ったという。私は山田さんと会わない日はご飯にお味噌汁をかけて食べた。ひもじくて苦しくて寂しかったが、週末に山田さんが来てくれると思えばなんとか耐えられた。


金曜日、私は山田さんより先に退勤して、アパートに荷物を置くと、近所の銭湯に行った。アパートのお風呂はユニットバスなので、ゆったりお湯に浸かれなくて、一向に疲れが取れないのだ。銭湯に行った後、アパートに戻ると、何かおかしい。ベランダの方から音がするのだ。私は一瞬、身を強張らせた。そして耳を澄ました。

「小林さん！　俺だよ！　山田だよ！」

その声を確認すると、ベランダのカーテンを開けた。なぜかベランダに山田さんがいた。私は急いで鍵を開けた。

「なんでここにいるの⁉　そもそも、ここ二階なのにどうやって上ってきたの⁉」

凍えた体をさすりながら山田さんは答えた。

「仕事が終わってアパートに来ても小林さん家にいないしさ、ＰＨＳに電話しても出ないし、小林さん時々『死にたい』って呟いてるじゃん。それでなんか心配になっちゃって、そこの排水管を上ってここまで来たんだよ」

私はその言葉を聞いて笑ってしまった。

「死んだりなんかしないよ！」

そして山田さんをギュウッと抱きしめた。私のことを山田さんが心配してくれたのが嬉しくて、私はもう一度強く抱きしめた。


山田さんのベランダ事件があってから、しばらくが過ぎた。仕事は面白いけれど、ハードだった。当時私は一人で一冊の漫画雑誌を作っていたが、これはかなり異例のことで、複数人で作るのが普通なのだ。たくさんの仕事と安い給料はどんどん私の精神を蝕《むしば》んでいった。

高校生の頃から精神科に通院している私は、働き出してからも精神科に通い続けていた。給料から診察代と薬代を出すのも一苦労で、頭の中では「死にたい」という言葉が行進するようになった。いつものように週末に山田さんはアパートに来た。私は我慢できなくて、山田さんがいるのに泣き出した。

「死にたい、死にたい、死にたい」

山田さんは何も言わないで、気まずそうに俯いていた。それでも山田さんはセックスがしたかったのか、私の体を触ってきた。

「触らないで！」

大声を出した私に山田さんは一瞬たじろいだ。そして、ぽりぽり頭を掻いた後、

「帰りまーす」

と言って帰った。

数日後、私はたくさんの薬を飲んだ。いつもは数錠しか飲まないので、たくさん飲むのは変な気分だった。

「ああ、めんどくさい」

私はそう呟きながら薬を飲んだ。生きるのも、薬をたくさん飲むのもめんどくさかったし、山田さんのことを考えるのもめんどくさかった。

考えるのを放棄した怠け者の私は死ねなかった。救急車で運ばれて集中治療室に三日間入院した。体中が管だらけで、枕元では心電図の機械がピコンピコンと音を立て

ている。裸でオムツをして、尿道にも管が通っていた。

思い出せない名前

集中治療室を出た後、私は精神科に入院した。場所は東京だったけれど、ずいぶん外れの方だった。病棟はとても汚くて、出てくる食事は生ぬるい白米と少し冷えたお味噌汁、それと少しの漬物だった。山田さんとデートした時はお寿司屋さんで中トロを食べたのに、そこからずいぶん遠くまで来てしまった。

入院してから母に頼んでアドレス帳を持ってきてもらった。きっと山田さんは私のことを心配しているはずだと思って、病院内の公衆電話から山田さん宅に電話した。しかし、誰も出なかった。

毎日、毎日、何回もかけたけど、繋がらなかった。同居しているはずの同郷の友人すら出なかった。

私は仕方なく、職場に電話した。そうしたら山田さんが出た。早口で自分の状況を伝えると、「もうかけてこないで」と言って電話をガシャリと切られた。

私は肩を落として病室に戻った。そして、ベッドの上で泣いた。

私のことを心配してベランダまで上ってきてくれたのに、なんでそんな酷いことを言うんだろう。

そして、私は見ないようにしていた事実に目を向けた。私が作ったかき揚げを「まずい」と言って目の前でカキフライを食べたこと。しかもそのカキフライを一つも私にくれることなく完食したこと。そういえば、山田さんが私にくれたものは中古ゲーム屋が買い取ってくれなかったゲームソフトだった。一応、もらったけどよくよく考えれば、好きな人にあげるものじゃない。買い取ってもらえなかったゲームソフトなんて、ゴミだ。

ああ、もしかしたら私はゴミだったのかもしれない。いや、正確にはゴミ箱だろうか。

精神科を退院して一人暮らしのアパートを引き払った。悲しい思い出しかなかった。その中に山田さんが「面白いから貸してあげる」と言ってカバンごと置いていった、いましろたかしの漫画があった。返しようもないので、そのまま持って帰り、中身も開けずにそのまま実家の押し入れにしまった。

数年後、私は引きこもりながら自費出版でミニコミを作って都内のお店に配布した。それから徐々に友達ができて、飲みに行ったりするようになった。その時、友達に山田さんのことを話したら「それ、絶対家に女がいるでしょ」と言われた。私はそう指摘されて、やっと気がついた。最寄り駅を教えてくれないこと、電話をしても同居人が絶対に出ないこと。なんでわからなかったのだろう。

家に帰って押し入れの中から山田さんのカバンを引っ張り出した。漫画の表紙をめくるとサインが入っていて、山田さんが自慢していたのを思い出した。「山田さんへ」という宛名と簡単なイラストが、いましろたかしの絵と文字で書かれていた。そして、私は山田さんの下の名前を覚えていないことに気がついた。

付き合っていた時は知っていたけれど、今はきれいに忘れていた。もしかしたら私は山田さんのことを心の底から好きなわけじゃなかったのかもしれない。なんだか愉快になって少し笑ってしまった。部屋にある読み終わった漫画と一緒に山田さんから借りたままの漫画を詰めて、中古漫画を買い取ってくれるお店に郵送した。いましろたかしのサイン本にいくらの値がついたのかはわからない。

第二部

孤独から抜け出すまで

誰かにそばにいて欲しいと切望しながら手を伸ばしても、誰の手も摑めず、崖の底へ突き落とされてしまう。しかし、崖の底で、私を愛し、肯定してくれる人に出会うことができた。

荒地に咲く気高い白百合のようなあの子

小学校のクラスメイトに百合子ちゃんという子がいた。百合子の名に恥じず、彼女はひときわ肌の色が白くて、背が高かった。そして、とても頭が良くて学校では一位二位を争うくらいの才女だった。頭が良いということで、なんとなく百合子ちゃんは有名だったし、目立つグループに入っていた。

給食の時間になって、配膳の列に並んでいる時、百合子ちゃんの後ろになった。

「ねえねえ、百合子ちゃんは漫画とか読むの？」

私が話しかけると、屈託のない表情で答えてくれた。

「漫画は自分ではあまり買っていないんだけど、『りぼん』は友達に借りてよく読んでるよ」

百合子ちゃんはニコニコしている。

「『りぼん』は私も読んでるよ！　あと、お兄ちゃんがいるから『ジャンプ』と『マガジン』も読んでる」

そう答えると百合子ちゃんも乗ってきた。

「えー！　そうなんだ。うちもお兄ちゃんがいるけど、『ジャンプ』は読んでないなあ。エリコちゃん、漫画詳しそうだよね。いつも机で漫画の絵を描いてるし」

百合子ちゃんに褒められて、私は少し調子に乗った。

「漫画はたくさんあるよ！　『あさりちゃん』もたくさん持ってるし、他にも面白いのあるよ！」

彼女は私を見ながら大げさに声を上げた。

「漫画たくさん持ってるの羨ましい！　今度私にも何か貸して！」

秀才の百合子ちゃんにそう言われて、私はなんだか嬉しくなり、漫画を貸す約束をした。


学校が終わって家に帰ると自分の本棚の前に直行した。本棚といってもカラーボックスを二つ並べただけの質素なものだが、そこには漫画がぎっしり詰まっている。『あさりちゃん』を三冊取り出し、花とゆめコミックスから出ている『ぼくの地球を守って』の一巻を取り出した。当時の私の一押しの漫画だ。それらを机の上に並べて、私は便箋を取り出した。百合子ちゃんに手紙を書こうと思ったのだ。拙い字で百合子ちゃんへ簡単なメッセージを書く。『ぼくの地球を守って』が気に入ったら、次の巻も貸すよ、『あさりちゃん』も良かったら続きを貸すね、と書いた。

そして、自分の得意なイラストを描いて手紙と一緒に袋に入れた。

大きな家の女の子

次の日、足取りも軽く学校へ向かう。勉強するためでなく、いじめられるためでなく、友達に会いに行く学校というのは心が軽い。漫画の持ち込みは禁止なので、教室の隅でこっそりと百合子ちゃんに漫画の入った袋を手渡した。彼女は私から漫画を受け取るとロッカーのランドセルの中にしまい込んだ。そして、彼女のグループの子たちのところへと戻っていった。

二日後、百合子ちゃんが漫画を返してくれた。

「ありがとう。貸してくれた漫画、すごく面白かった！『ぼくの地球を守って』すごく良くてびっくりした。続き貸して！『あさりちゃん』ももっと読みたい！」

私は自分の薦めた漫画を気に入ってもらえたことが嬉しかった。

「私のうち、漫画っていうと、これしかないんだけど」

そう言って恐縮しながら貸してくれたのは横山光輝の『三国志』だった。小学生女児にしてはあまりにもシブい漫画だ。

「親が厳しいから、エリコちゃんのみたいな漫画、買うの許してもらえないんだよね。でも、本はたくさんあるよ。エリコちゃん、本も結構読んでるよね。何か貸そうか？」

私は、百合子ちゃんが私に本を貸してくれるということが嬉しかった。

「『三銃士』が読みたい。学校の図書館にあるやつを読んだんだけど、なんか内容が薄くてつまらなかったんだよね。ちゃんとしたやつ持ってる？」

私がそう言うと、百合子ちゃんは顔を上げて言った。

「『三銃士』家にあるよ！　かなり分厚いから、内容も満足すると思う。学校で渡すと、先生に見つかるかもしれないから、お互いの家のドアノブに本をかけておかない？」

百合子ちゃんの提案に私は賛成した。正直、学校に漫画を持ってくるのは少し勇気がいる。

「うん！　そうするよ。家の場所を教えて」

そう言って、二人でお互いの家の地図を描いた。私の家は団地の五階で、百合子ちゃんの家は駅から少し離れたところにある住宅地だった。百合子ちゃんに漫画を貸すために、地図を頼りに家に向かう。住宅地とはいっても茨城ゆえ、周りにはだだっ広い田んぼが広がっていて、家が点在している感じだった。そこに、百合子ちゃんの家はドーンとそびえていた。

あまりにもでかくて内心ビビった。立派な家の玄関におずおずと近づくと、ドアノブに本をかけて帰った。

私はなんで百合子ちゃんの頭が良いのかわかった気がした。あの広い家には所狭しと本があるのだ。父親の仕事も立派なものだと聞いたことがある。立派な親からは立派な子供が生まれると決まっている。

ある日、駅前の文房具屋を覗いていたら、真っ白な本があった。なんだろうと手に取ってみると、どうやら自分で文字や絵を描いて、世界に一冊だけの本を作ることができるという商品だった。私がそれについて百合子ちゃんに話すと、彼女はこんな提案をした。

「ねえ、私がお話を作るから、エリコちゃんが絵を描いて、一冊の絵本を作らない？」

私は少しびっくりしたけれど、素敵な思いつきに明るい声を上げて賛成した。

数日後、百合子ちゃんが作ってきたストーリーはこうだ。

あるところに一人の女の子がいて、お母さんに「宝物は何か？」と尋ねる。大切にしているお洋服なのか、お父さんからもらった指輪なのか、思いつく限りを挙げていくのだが、お母さんは「どれも違う」と首を振る。女の子は困ってしまって悲しい目でお母さんを見つめた。すると、お母さんは女の子をそっと抱きしめて「私の宝物はあなたよ」と答えるのだ。

私はそのお話を読んで、少し困惑した。私は家族とは仲が悪いし、特に母に愛されている実感がなかった。それでも私はその文章に合うイラストを描いた。家にあったピーターラビットの絵本を真似て、洋服を着たうさぎの親子を鉛筆で描き、色鉛筆で丁寧に塗る。その隣に百合子ちゃんが書いたお話を添えた。

出来上がった一冊の絵本を手にしてページをめくる。いいお話だと思いながら、どうしても自分と重ねることができない。それでも、お話の中に溢れる親子愛は本物で、同じ歳の女の子がこんな話を作れるということに素直に驚いていた。

私は出来上がった絵本を百合子ちゃんに渡した。百合子ちゃんは満面の笑みで絵本のページを何回もめくった。私は一息おいて口を開いた。

「この絵本、どっちが持っておく？」

私は自分が持っておきたいけど、百合子ちゃんが欲しいと言ったら遠慮なく渡そうと思った。

「エリコちゃんが持っててていいよ」

そう言って、百合子ちゃんは絵本を渡してくれた。彼女の優しさに頭を垂れて、私は絵本を胸に抱いた。

学年が上がっても、漫画と本の貸し借りを続けた。私は澄子ちゃんや八重子ちゃんのような、自分と似たような子たちと仲良くなって、時々遊んだ。百合子ちゃんは光の当たる方にいて、みんなの人気者だった。

そんな百合子ちゃんが私のような人間と本の貸し借りをしてくれていることは自分にとって誇りだった。彼女の貸してくれる本はどれも面白かった。中国を解放に導いた女性の伝記を読んだ時は感動のあまり少しだけ泣いた。

百合子ちゃんが貸してくれる本は主に文芸の新刊だった。きっと父親の趣味なのだろう。私はお年玉を崩しながら買い集めた、マーガレットコミックスや花とゆめコミックスを貸した。そして、毎回手紙を添えた。お互い、本と漫画の感想を書きあって、私はイラストを毎回描いた。

中学校に行っても、本の貸し借りはまだ続いた。学校では会えば挨拶はするけれど、決して仲良くすることはなかった。かといって、別に嫌っているわけでもない。ただ、お互い自分の立場を自覚していたのだと思う。

いじめもひどくなったし、担任との仲も最悪になり、授業放棄をするなどして私のクラスは学級崩壊を起こしていた。百合子ちゃんもきっと知っていたと思うが、手紙ではそのことについて触れていなかった。ただ、私たちは本の感想を書き合っていただけだった。

成長するにつれ、本の趣味も変わっていった。私は少女漫画からだいぶ手を引いていって、手塚治虫などの古い漫画を読むようになった。自分は少女漫画の主人公になれないと悟ったためだったと思う。百合子ちゃんから渡される本も自然に大人びたものになっていった。ある小説家が自殺した息子について語った本は他人事《ひとごと》とは思えず、胸の奥が熱くなった。

本が繋いだ友情

ある時、百合子ちゃんの家に招待された。

「今日は、両親も兄もいないから、家に来ない？」

そう言われて、私は制服を脱いで私服に着替えた後、自転車に乗って百合子ちゃんの家に向かった。田んぼの中にそびえ立つ大きな一軒家の扉を開くと、とても綺麗に片付いていて、常に散らかっている私の家とは大違いだった。

私の家の何倍もある百合子ちゃんの家で一番気になっていたのは書斎だった。招かれるまま二階へ上がると、自分の背よりも高い本棚がびっしりと並んでいた。

「すごい……。こんなに本があるの？」

私の目は釘付けになった。きちんとした出版社から出ているハードカバーの文学全集から話題の新刊まで、とにかくたくさんの本が並んでいた。

「あれも、これも、なんでもある……」

私は百合子ちゃんの存在を忘れて本ばかり見ていた。図書館みたいな書斎があることの家に住める人はなんて幸せなのだろう。私は絶対に百合子ちゃんにはなれない。狭い団地に住み、カラーボックスの本棚しか子供に持たせることができない両親のもとでは頭の良い子は育たない。それなりの資本がなければ秀才になることはできない。

「本だけはたくさんあるんだよね」

そう言って、百合子ちゃんは本棚を眺めた。私はどれも借りたくなったが、持ちきれないので、厳選して五冊を借りた。


本に囲まれながら、スーパーで買ってきたコーラとポテトチップスを開ける。

「百合子ちゃんは将来のことって考えてる？」

私はたくさんの本を背にしている百合子ちゃんに向かって質問した。

「私は、将来は厚生省に入って、世の中を良くしたいんだよね」

私は啞然とした。そんなことを言える人に今まで会ったことがなかった。そして、それは百合子ちゃんならできる気がした。

「エリコちゃんは？」

「私は絵を描く仕事に就きたい。色々考えたけど、やっぱり漫画家かな。有名じゃなくても、食べていけるだけ稼げればいいいな」

百合子ちゃんは私を見て言った。

「エリコちゃんなら漫画家になれるよ！　すごく絵が上手だもん」

私はそう言われて嬉しかった。夢だから叶わない方が可能性は高いけれど、そうやって応援してくれる人がいることがどれだけ心強いか。


中学を卒業して、私たちはバラバラになった。百合子ちゃんはここいらで一番頭の良い高校へ行き、私は真ん中よりちょっと良い高校へ行った。高校生になっても、私たちは本の貸し借りを続けていた。子供の頃より頻度は落ちたが、お互いの好きな漫画と本を私たちは共有し続けた。

高校生になった私は、将来について思いつめて、精神を病んだ。私はそれを誰にも言わなかったが、百合子ちゃんにはいつか伝えたいと思った。

高校を卒業することが決まった時、私は彼女に手紙を書いた。大学に行ったら忙しくなるから、本の貸し借りはこれでお終いにしようということ、自分が精神科に通っていること、そして、病気を隠しているのが辛いことを書いた。その手紙を漫画と一緒にドアノブにかけておいた。

一ヶ月後、百合子ちゃんは私の家のドアノブに本と返事をくれた。

彼女からは私が精神を病んでいるようには全く見えないこと、驚いたけれど、友達をやめたりはしないこと、本の貸し借りは楽しかったということが書かれていた。私はそれをそっと引き出しにしまった。


あれ以来、百合子ちゃんとはなんの連絡も取っていない。それでも、私たちは確かに友達だった。今どこにいるのか、何をして何を考えているのかわからないけれど、あの大きな家の書斎で語った将来の夢の話はいつまで経っても色褪《あ》せることのない二人の思い出だ。

子供の頃を思い出すと、辛いことや嫌な出来事ばかりが浮かぶが、百合子ちゃんのような優しい人も確かに存在していた。荒地に咲く花のように、彼女はひっそりとそこにいた。私はその花をこれからも守っていかなければならない。私の幼い頃の人生を肯定してくれる一輪の花なのだから。

病める時も健やかなる時も

十代の頃は、友達なんてクラスの中でしかできないのが通常だが、私には学校外の、しかも年上の友達がいた。

高校生の時、ＨＩＶ訴訟を知った。血友病患者が治療のために使う血液製剤の中にＨＩＶウイルスが紛れ込んでいるのを知りながら、国は利益のためにその血液製剤の販売を許可したのだ。そのため、血友病患者はＨＩＶウイルスに感染してしまって、そのことで国と争っていた。

私はその事件を知って、とても怒った。そして、自分も何か手伝うことができないかと考えて、「ＨＩＶ訴訟を支える会」に連絡をした。そうして、週末は手伝いに行くことになった。

私は学校が終わってから電車で都内に行き集会に参加した。区民センターでたくさんの大学生たちが座り込みの時に持つプラカードを作っている中、笑いながら作業をしている女の人がいた。私が話しかけると、その人は笑顔で応えてくれた。そして、自己紹介をしているうちに、自分たちが同じ街に住んでいることがわかってすぐに打ち解けた。

末広さんという彼女は早稲田大学の法学部の学生で、大学教授にこの訴訟のことを聞いて手伝っているのだと教えてくれた。「ＨＩＶ訴訟を支える会」はたくさんの有名大学の法学部の学生がいて、みんなこの裁判のゆくえに関心を持ち行動していた。学生ということもあり、和気藹々《わきあいあい》とみんなで雑談をしながら、明日の集会の準備をしていた。気がつくと私は末広さんとずっと話し込んでいた。何しろ、とても気が合ったのだ。

好きな音楽、好きな映画、好きな本。私にはそれらを語り合える友達がいなかった。一番仲良しだった凛子ちゃんともここまでは話し合えなかった。私の中の一番大事なところに末広さんがやってきた。

「今日は遅いから、私の友達の家に泊まろうか」

末広さんはそう提案した。公衆電話から家に電話して親に外泊の許可を取った後、末広さんと一緒に、彼女の友達の家で一晩を明かした。それはまるで小さな冒険だった。

頼れる年上の友人

末広さんとは「ＨＩＶ訴訟を支える会」の活動の日以外も会うようになった。一緒に銭湯に行こうと私が提案すると、彼女はすぐに賛成した。銭湯には若い女の人があまりいなくて、お婆さんが多い中、二人で大きな湯船に浸かった。外に出ると初秋の風が心地よく吹いてくる。紺碧の夜空にはキラキラと星が瞬く。私たちの住む街は空気が澄んでいて東京よりも星が綺麗だ。

銭湯を出て少し歩いたところにある居酒屋へ向かう。激安の炭火焼きが売りの店で、ペラペラのレバーを網に載せて焼く。炎が立ち上り私たちの顔を明るく照らす。私はその光景がなんだかすごく美しく見えて、持っていたカメラで炎を撮った。

「エリコのそういうところ、いいよね」

末広さんは笑いながらそう言った。私が末広さんを好きなのは、彼女がことあるごとに私を褒めてくれるからだった。自分に自信がなかった私は、末広さんの褒め言葉にいつも救われていた。

私は当時、進路について悩んでいた。美大に進みたかったのだが、両親に反対されて、どうしたらいいかわからなくなっていた。進路指導のアンケートもずっと白紙で出していたのだが、最終的に家族に説得されて、普通の短大を目指すことになった。高校ではほとんど勉強をしておらず、授業中に読書ばかりしていたので、成績はあまり良くなかった。

高校三年生の秋に受験勉強を始めたのだが、あまりに遅すぎた。私は末広さんを頼った。現役の早稲田生である彼女は、バカな私にもわかりやすく丁寧に勉強を教えてくれた。長い間、学校や塾で色々な大人から勉強を教えてもらったけど、末広さんの教え方が一番うまかった。

彼女は頭が悪い私を叱ったりすることもなく、優しく、丁寧に教えてくれて、問題が解けると褒めてくれた。ただ、それだけのことだけれど、私はどれだけ救われたかわからない。私は自分より年上で、学校も違う末広さんと一番仲良くなった。彼女がどう思っているかわからないけれど、私は彼女のことを親友だと思っていた。何より、一番多くの時間を彼女と過ごした。

短大に進学してからも、「短大に美術サークルがない」と嘆く私に「うちの大学のサークルに入りなよ」と言ってくれたのは末広さんだった。私はインカレというものすら知らない人間だった。早稲田大学の美術サークルに入ってからも、私は末広さんのいる法律系のサークルにちょいちょい顔を出した。安いワインを持って彼女を訪ねて、一緒にワインをラッパ飲みしたり、早稲田通りの居酒屋に入って、長い時間、たくさんの話をした。いつまでも話が尽きなくて、帰りの電車の中でもずっと話をした。私たちは仲の良い姉妹のようだった。

高校から短大にかけて、私は仏教に傾倒していた。図書館や古本屋で仏教の本を読んで、いつかインドに行ってみたいと考えていた。ある時、本屋さんで『地球の歩き方』インド編を買ってしまった。それを手にしたら行ってみたい気持ちが高まって、末広さんにインド旅行を提案した。末広さんはインドに特に興味がなかったけれど「そういう国も見てみたい」ということで了解してくれた。

インドに行く日、二人で成田線に乗り空港を目指したのだが、おしゃべりが止まらなくなって、電車を乗り過ごしてしまった。タクシーを使ってなんとか空港に辿り着き、搭乗口へ向かう。

ゲートをくぐり、エア・インディアの直行便に乗り込む。飛行機の中はスパイスの香りが漂っていて、これから行く異国の地への興奮をさらに高めてくれる。初めてのインド旅行は思った通りに進まないことが多く、インド人に騙されたり、ベッドが砂だらけのホテルに泊まったりしたが、念願のブッダガヤーはとても美しかったし、憧れていたガンジス川で沐浴《もくよく》もできた。

川の周りでは小さな子供たちが葉っぱでできた器に花と蠟燭を入れて売っていた。それを買った観光客が蠟燭に火をつけて川に流すと、ぼうっとした明かりが川に灯る。ガンジス川には何艘もの小舟が行き来し、川岸ではたくさんの人が沐浴をしている。少し離れたところでは死体を燃やしていて、外国人観光客がそれを見物している。夕暮れのガンジス川は幻想的で、夢と現《うつつ》を行き来しているようだった。末広さんとのインド旅行は私の人生でとても大切な思い出となった。

命の恩人

私は短大卒業後、職を求めて東京で一人暮らしを始めた。末広さんも東京の私の家に遊びに来てくれた。その後、編集プロダクションに入社したのだけれど、月給手取り十二万、社保なし、残業代なしというブラックな会社だった。私はお金がなくて、スーパーで買いたいものが買えなくて、万引きをした。そんな状況でも私は末広さんに「困っている」とは言えなかった。

本当にお金がなくなって、自殺を決意した時、私は彼女に電話した。自殺をするとは言わなかったが、泣きながら「辛い」ということだけ伝えた。その後、大量の薬を飲んでアパートで自殺を図った。末広さんは私の様子がおかしいと思い、近くに住んでいる友人に頼んで、私の様子を見に行かせた。それで私は発見されて、病院に運ばれた。致死量の薬を服用していた私は発見が遅れれば死んでいた。私が今ここに生きているのは末広さんがいたからである。

私はその後、精神科に入院し、退院後は実家に戻って母と暮らし始めた。仕事を始めたかったけれど、なかなか見つからなかった。働かない期間が長くなってくると、徐々に社会に戻るのが難しくなってくる。簡単なバイトも受からないし、毎日暇で寂しすぎた。

私は末広さんに頻繁に連絡をした。彼女の実家にファックスを送りまくったり、メールもたくさんした。返事はそんなに来なかったが、それでも、末広さんと繋がっていると思うと安心した。

しかし、ある日、酔っ払ってしつこく末広さんにメールをしてしまった。その内容がひどかったらしく、末広さんを怒らせてしまった。自分のせいとはいえ、私は激しく落ち込み、精神的にも不安定になった。私はこの頃、精神科デイケアと家を往復する生活を送っていた。病気は一向に良くならず、大量の薬を処方され、体重は八十キロ近かった。頭は常にぼんやりしていて、いつも死ぬことばかり考えていた。実際、何度か自殺を図った。

学生の時は末広さんと同じ場所に立っていて、同じように洋々たる未来が開けると思っていたのに、私は泥沼の人生を送っていた。末広さんから嫌われた数年後、実家のポストに手紙が届いた。インド象のイラストが描かれたポストカードで、差出人は末広さんだった。

私はもう二度と許してもらえることはないと思っていたので、安心と喜びで心が震えた。末広さんはずっと司法試験を受けていたけれど、なかなか受からなくて、大学を卒業してから七年くらい受験勉強を続けていた。予備校に通いながら司法試験を受ける末広さんは素晴らしいし、カッコよかった。

それ以来、末広さんから手紙が届くようになった。司法試験に受かった時。弁護士事務所で働き始めた時。数年に一回くらい届く手紙を大事にしまって宝物にした。友達の成功は自分の成功のように嬉しかった。

その後、私は精神科デイケアのスタッフの勧めもあって、実家を出ることになった。実際、母との生活にもうんざりしていた。オンボロのアパートで、障害年金と実家からの仕送りで生活を始めた。

末広さんに、引っ越したという連絡はしなかった。私はなんとなく、彼女とは距離を置いた方がいいと思っていた。以前彼女をひどく怒らせてしまったのを後悔していたし、もう二度と迷惑をかけたくなかった。

一人暮らしを開始してから一年後、父親が定年退職をして、送金ができなくなり、私は生活保護を受けることになった。まだ三十代なのに、私の人生は終わりの様相を呈していた。それなのに、生き続けなければならないのは苦痛だった。

ふと、押し入れからアルバムを取り出して、ページをめくる。ＨＩＶ訴訟の時に、みんなで座り込みをした写真が出てきた。写真の中の高校生の私ははにかんだ笑顔をしていた。短大時代の写真にはワインをラッパ飲みしている末広さんが写っていた。本当にこの頃は二人してよくお酒を飲んでいたな、と思い出して笑ってしまう。そういえば、家に帰るバスがなくなると、末広さんはよく私の家に泊まりに来た。冷蔵庫の残り物を鍋にして二人で食べた。インド旅行の写真では末広さんがインドの子供と一緒にサッカーをしていた。私はタージマハルの大理石の上で寝転がっていた。

楽しかった思い出たちは遥か昔の出来事だった。そして、その思い出の全てに末広さんがいて、私の隣で笑っていた。もう、末広さんには何年も会っていない。アルバムをそっと閉じて、押し入れにしまう。私はこれから先、末広さんと思い出を作ることができるとは思えず、悲しかった。

未来へ

生活保護を受け始めて、困ったことが起きた。担当のケースワーカーが強面の男性で、家に上がりたいと言ってくるのだ。女性だったら抵抗なく家に上げられるけれど、男性は抵抗がある。困った時、どこに助けを求めればいいのかわからない。

私は考え抜いた末に、末広さんに連絡した。もう迷惑はかけまいと思っていたが、弁護士である彼女なら、きっと何らかの方法を知っているはずだ。昔もらった手紙を引っ張り出して、事務所に電話をする。彼女の明るい声が受話器から聞こえてきた。私は涙で声を詰まらせながら、自分のこれまでを話す。生活保護を受けていること、ケースワーカーが男性で困っていること。

末広さんは嫌な態度も取らず、ウンウンと相槌を打ってくれる。そして、一緒にどうしたらいいかを考えてくれた。末広さんは、私が社会の最下層にいる時でも、決してバカにせず助けてくれた。彼女は最高の友達だ。

その後、しばらくして末広さんからメールが来た。弁護士の情報サイトで取材を受けたという内容だった。彼女は、お金に困って生活もままならない依頼者のために、尽力していた。私はふと、出会った頃に末広さんが言っていた言葉を思い出す。

「弱い人のための弁護士になりたい」

ああ、そうだ、彼女は夢を叶えたのだ。私は嬉しくてたまらなかった。

東日本大震災が起きた時、混乱の中、末広さんと電話したのを覚えている。私はその時、友達のアパートを訪ねていて、末広さんの電話に出るために玄関の外に出た。星空を眺めながら「怖かったね、そっちは大丈夫？」とお互いの安否を報告し合った。

世界が終わってしまうのではないかという恐怖の中、スマートフォンだけが命綱のように温かかった。

「落ち着いたらいつか会おうね」

私たちはそんな約束を知らず知らずのうちに交わしていた。十年近く会っていなかったけれど、別離が長くとも切れない縁があった。世界中で日本が終わってしまったと騒がれる中、私たちは未来の約束を取り付けていた。

未来に繋がる友情を頼りに、私は明日も、明後日も命を繋いでいこうと心に決めた。

ブラックライトの下で輝く青春

短大生の時は友達がほとんどおらず、私は末広さんがいる早稲田大学によく遊びに行っていた。しかし、自分が通っている短大でもやっと友達ができた。それが祥子ちゃんだった。

私が通っている短大の学生たちはみんなブランドのバッグを持ってハイヒールを履いて、茶色の長い髪の毛を風になびかせているような女の子たちだった。私は真っ黒な髪の毛をベリーショートにして、穿き古したジーンズに古着のシャツを着ていたせいか、明らかに周囲から浮いていた。

美大に進んでいれば自分と似たような友達ができると思っていたけれど、この大学の子たちはおしなべて似たような子たちばかりで、趣味が合うとは思えなかった。私は毎日、誰とも挨拶をせず、一人、学食でお昼を食べた。授業が終わると早稲田大学の美術サークルで絵を描いた。サークルに行かない時は、高田馬場のコンビニでバイトをして、たまに末広さんと飲みに行った。高校を卒業して、短大という新しい社会の中に入ったのに、友達の輪が広がらず、私はイライラしていた。イライラが募ると、教室でビールを飲むという悪行に出た。私は短大が大嫌いだった。

岡崎京子を知っててよかった！

ある時、通学路で女の子に声をかけられた。

「ねえ、同じ短大の人だよね？」

顔を上げると、ピンクのメッシュが入った髪の毛に、スパイラルパーマをかけてツインテールにしている女の子が目の前に立っていた。着ているシャツにはスターウォーズの文字が躍っている。私は少しびっくりした。こんな子が同じ大学にいると思わなかったのだ。

「たまに構内で見かけて気になっててさ。一緒に大学まで行こう」

私は嬉しい気持ちを抑えながら頷いた。

「漫画はどんなの読んでるの？」

初対面の子に尋ねられて、なんと言っていいか悩んでしまった。派手な服を着ているこの子にバカにされない答えを返さなければならない。何を読んでいると言えばいいのだろう。私が読んでいるのは、手塚治虫とか、つげ義春とかのガロ系なのだけれど、通じるだろうか。私が返答に悩んでいると、向こうが質問を変えてきた。

「岡崎京子って知ってる？」

岡崎京子は九十年代を代表する漫画家で、いわゆるサブカルチャーの人であった。その中でもかなりオシャレな漫画家だ。

「知ってるよ」

「え！　本当⁉」

嬉しそうな彼女の姿を見て、私はホッとした。

「ねえねえ、名前なんだっけ？　私は石野祥子っていうの」

祥子ちゃんに好意的に話しかけられて、嬉しくて顔がほころんでしまう。

「小林エリコ」

私がそう言うと、祥子ちゃんは人懐こい顔をほころばせて、

「エリコちゃんっていうんだ。じゃあエリリンね！　可愛いでしょ！」

と言った。私はなんだか心がくすぐったくてお礼を言った。私にこの日からエリリンというあだ名がついた。

授業の後、廊下で祥子ちゃんから手紙を渡された。ノートの切れ端にはとても小さな字で、自分の好きなものについてとか、大学のことについて書かれていた。私もノートの切れ端に手紙を書く。そうやって何回か手紙を交わしたり、お昼を一緒に食べたり、一緒に帰ったりするようになった。短大に行って初めて友達ができて私は嬉し

かった。

「エリリン！」

祥子ちゃんが私に大きく手を振る。今日は授業が終わってから祥子ちゃんの家に遊びに行くことになっていた。祥子ちゃんは東京生まれの東京育ちで、茨城育ちの私はとても羨ましい。

「東京っていっても江戸川区だからさ。大したことないよ」

祥子ちゃんが電車の路線図を見ながら答える。私は東京のどの区が上で、どの区が下かとかすらわからない。電車を乗り継いで、祥子ちゃんの家に向かう。通りを曲がると立派な一戸建てがあった。

「ここ、私んち」

派手な祥子ちゃんだけれど、家は普通だった。けれど、建てたばかりみたいで、とても綺麗だった。

「おかえり、お友達？」

祥子ちゃんのお母さんが顔を出す。私が「お邪魔します」と挨拶して家の中に上がると、足元に猫がやってきた。

「あー！　猫いるの？」

アメリカンショートヘアの可愛らしい猫が私たちの間を行き来する。

「ボビー！」

そう言って猫を抱き上げる祥子ちゃんはニコニコしていた。

二階へ上がって祥子ちゃんの部屋へ入る。そこは本とCDの密林みたいな部屋だった。壁にはサイケデリックなポスターが貼られていて、お香の香りもする。自分の趣味のものだけで埋まった祥子ちゃんの部屋は彼女の頭の中を表していた。本棚には青林堂の漫画がぎっしり詰まっていて、マイナーな本ばかりが並ぶ。私は本棚に釘付けになった。

「あ！　これ、私も持ってる。うーん、この漫画家は知らないな」

私が本棚を見ていると、祥子ちゃんが私にどんどん漫画を渡してくる。

「これ、読んだことないなら、読んだ方がいいよ。あと、これとかこれとか」

あまりに貸そうとしてくるので、困ってしまう。

「持ちきれないから、今日は少しでいいよ」

私は笑いながら答える。本をバッグにしまっていると、祥子ちゃんはCDをコンポに入れて、テクノをかけ始めた。

「私、テクノって聴いたことない。いつも聴いているのは古いロックばかりだから」

電子音の渦の中で私が言う。

「エリリンはジャニス・ジョプリンが好きなんだよね。この間貸してもらって、私もすごい好きになっちゃった」

祥子ちゃんはテクノも聴くけど、ロックでもなんでも聴く。家の中に積み上げられたCDやレコードは色々な年代のものがあり、色々な国のものがあった。二人でタバコを吸いながら色んな話をした。私たちは出会う前から同じ本を読んでいたし、似たような音楽を聴いていた。しかし、祥子ちゃんの方が私よりたくさんのものを読んでいたし、聴いていた。紫煙の漂う中、話はどこまでも続いた。結局、私はその日、祥子ちゃんの家に泊まった。ボビーは祥子ちゃんの足元で丸くなって寝ていた。

祥子ちゃんの家で一晩を過ごしてからは、大学ではいつも一緒だった。二人の間を行き来する大量の本とCD。その数が増えれば増えるほど、仲が深まった。

「ねえ、今度、一緒にクラブに行こうよ」

祥子ちゃんからそう誘われて、もちろんオーケーした。クラブには行ってみたいと思っていたけれど、田舎者の私はどこのクラブに行ったらいいかよくわからなかったのだ。祥子ちゃんはクラブに慣れているらしく、どこでいいDJがやっているか詳しいようだった。

夜の十一時に渋谷で待ち合わせる。祥子ちゃんは絞り染めの服を着ていて、頭には羽根なんかつけている。私は何を着て行けばいいかわからず、ジーンズとTシャツだったので、明らかに会場で浮いていた。

祥子ちゃんを真似て五百円を払ってドリンクチケットをもらい、バーで好きなお酒と交換する。フロアに行くと、激しい音が渦巻いていた。誰も彼も、派手な色の服を着ていて、ブラックライトにその色が反射されていた。激しい重低音やつんざくような高音。それらをずっと聴いていると、薬をやっていなくてもトリップしているような気持ちになる。私は初めて音に身を任せて踊った。踊っていると、自分の血がさわぐ気がした。髪を振り乱して踊る私を見て、祥子ちゃんは笑っていた。二人で奇声を発しながら、朝まで踊った。

私と祥子ちゃんはとてもよく遊んだ。富士山で行われたレインボー2000というレイブに行ったり、渋谷のクラブエイジアにいいDJが来た時は必ず行った。二人でレコード屋さんへ行って、大量のCDやレコードを買って貸し借りをした。祥子ちゃんは茨城の私の家にも泊まりに来てくれて、一緒にお鍋を食べたりした。

いつも一緒に話しているのに、手紙も年中交換していた。祥子ちゃんの手紙には「私はすごく気が小さい。だから、派手な格好したりしている」と書かれていた。目立つ格好をして怖いものなんかないみたいな彼女が自分のことを「ノミの心臓」と言っていて、私は少し驚きながらも納得していた。祥子ちゃんが薦めてくれる漫画の主人公たちはみんな生きづらさを抱えていたし、好きな音楽の歌詞も暗いものが多かった。

卒業旅行は祥子ちゃんと二人でバリ島に行く計画を立てた。祥子ちゃんは、就職はしない、卒業後はバイトで生計を立てていくつもりだと言った。私は就職に失敗して、なんの未来も決まっていなかった。それでも二人で行ったバリ島はバカみたいに美しかった。青い海と白い砂浜、咲き誇るブーゲンビレア。周りの女の子たちはパリへ行って、ブランドのバッグなんかを買っているみたいだったけれど、私たちはお揃いの絞り染めのワンピースを買った。そして、民族楽器のディジュリドゥを買って帰ったら、日本の空港の税関で「これは何ですか？」と真顔で聞かれてしまって、二人で顔を見合わせて笑った。

大人になっても

自殺未遂をして入院していた時、祥子ちゃんから手紙が届いた。私の大好きなジャニス・ジョプリンの絵葉書の裏には「とても驚いたし、悲しいよ。何でも話してね」と書かれていて、私は泣いた。

精神科を退院して、茨城の実家で母と暮らすようになった。祥子ちゃんは東京のアジア雑貨を扱うお店で働いていて、勤務も長くなり、仕入れも任されるようになっていた。私は時々、祥子ちゃんが働いている東京のお店に顔を出した。

「エリリン！」

そう言って笑顔で接客をしてくれた。でももう学生の時のように、たくさんの時間を過ごすのは難しかった。祥子ちゃんのお店で買ったビーズでできたブレスレットを腕にはめて、それを眺めながら電車に揺られて帰った。祥子ちゃんは大人になったけれど、私は大人になれなかった。それでも、数年に一度くらい、祥子ちゃんには電話をした。最後に電話をした時には「夜のお店でお酒を作っている」と言っていた。どんなお店なのかわからないけれど、きっと忙しいのだろうと思い、何となく連絡を取らなくなった。そして、音信不通のまま数年が経過した。一度、なんとか連絡を取ったけれど、祥子ちゃんは体を壊していて、話すらできなかった。

そのうち、私は文章の仕事を始めて、メディアにも出るようになった。ＮＨＫの「あさイチ」に出演した時、祥子ちゃんからメールが来た。

「テレビつけたら、エリリンが出てるからびっくりした！」

私は久しぶりに祥子ちゃんから連絡が来て嬉しくてしょうがなかった。勇気を出して、会いたいとメールを送ったら、「会えるよ！　いつ会う？」と返事が来た。病気が良くなっているみたいで、少しホッとした。

年末の秋葉原、私たちは久しぶりに顔を合わせた。祥子ちゃんはなんと、主婦になっていた。

「祥子ちゃんが主婦とか、超ウケるんだけど」

私が笑うと祥子ちゃんも笑った。そのあとは居酒屋に入って、ひたすら話し続けた。祥子ちゃんと夫との出会い、私の最近の失恋。遅くまで話し込んで、バイバイして別れた。ＬＩＮＥを交換すると、祥子ちゃんは吉田戦車のかわうそ君のスタンプと清野とおるのスタンプを送ってきて、相変わらず健在だった。ピエール瀧が薬物で捕まった時は二人で大いに盛り上がった。

私は茨城出身の田舎者で、パッとしない人間であるけれど、祥子ちゃんというかっこいい友達がいることは誇りだ。クラブを教えてくれたのも、テクノを教えてくれたのも祥子ちゃんで、今、一番流行っているものを教えてくれたのも祥子ちゃんだった。今でも東京に行くと、セットで祥子ちゃんのことが思い出される。渋谷のタワレコ、新宿の歌舞伎町。私にとっての東京は祥子ちゃんである。

先日彼女にＬＩＮＥをしたら、羽生結弦が転んで「てへっ」と笑っているスタンプが送られてきて、「ああ、やっぱり祥子ちゃんは面白いな」とスマホの画面を見つめてニヤニヤした。

二十五歳の終わらない夏休み

　自殺未遂の後、退院してから私はとても孤独だった。実家で引きこもりをしていて、仕事もなく、会う人も限られていて、寂しくてどうしようもなく自殺未遂をしたこともある。二週間に一度の診察の時、主治医に言われた。

「今度、うちのクリニックでデイケアを始めることになったんだけど、小林さんも参加したらどう？　あなたに必要なのは居場所だと思うよ」

　デイケアが何をする場所なのか、居場所と言われてもピンとこなかったが、やることもないので参加することにした。スタッフが中を見学させてくれるというので、後をついていく。デイケアルームはクリニックと同じビルにあり、エレベーターで移動する。ドアを開けると、だだっ広いリビングがあり、台所や和室があった。きっと、住居として作られたものを改造したのだろう。スタッフの説明を聞いて次の週から通うことにした。


　クリニックで受付を済ませてから、デイケアに向かう。始まったばかりなので、数人しか来ていなかった。することがないので、とりあえずタバコを吸いに喫煙所に向かう。私より歳のいった男性が一人で黙々とタバコを吸っていた。

「初めまして。お名前はなんていうんですか？」

私はタバコに火をつけながら尋ねる。

「藤井です」

男性は必要最低限のことだけ言って、上体を揺らしながらタバコを吸い続けていた。話しかけてはいけなかったかな、などと思いを巡らせながら、フィルターに口をつけ煙を吸い込む。こうやって家族以外の誰かと一緒の場にいるのは久しぶりだなと思った。


時計が十時を指すと、スタッフがやってきて、みんな椅子に座る。デイケアの今日の利用者は三人で、スタッフは一名。

「原中です。私はここから少し離れた精神科の病院で看護師をしていました。今日から皆さんと一緒に過ごしたいと思います。趣味はドライブです、よろしくね！」

原中さんは細い目をますます細めて元気よく自己紹介をした。そのあとはメンバーが一人ずつ自己紹介を始めた。

「藤井です。よろしくお願いします」

藤井さんは上体を揺らしながら挨拶をした。

「竹中です。趣味は手芸です。よろしくお願いします」

大柄な中年の女性が答える。

「小林といいます。主治医に勧められて、ここのデイケアに通うことになりました」

少し頭を下げて、私も自己紹介をした。

自己紹介が終わっても何もすることがない。午後からはおやつ作りをするとスタッフから説明があったが、それまで二時間以上もある。

「みんなでトランプでもしましょうか」

原中さんの提案でババ抜きをやることになった。ババ抜きを何回かやった後は、UNOをやった。中学生の時、修学旅行でやったUNOは落ち着きなくゲラゲラ笑ってやっていたけど、デイケアのUNOは静かだった。みんなで仕事のように淡々とカードをテーブルの上に置いていく。

やることがなくなると、竹中さんと少し話をした。彼女は主婦で、ある日、うつ病になってしまい、毎日辛い状態だと語った。日中やることがないので、デイケアに来ることにしたという。私も自分の話をした。短大を卒業した後、編集プロダクションに勤めたこと、自殺未遂をして精神科に入院したこと。彼女はウンウンと頷きながら聞いてくれた。

最初の頃のデイケアは人が少なかったけれど、次第にメンバーが増えてきた。私と同じ二十代くらいの人が参加するようになると、人に飢えていた私は積極的に話しかけた。自分のことを話したくてたまらなかったし、人の話を聞きたかった。デイケアのプログラムはおやつを作ったり、みんなでカレーを作って食べたりするほか、室内にある卓球台でピンポンをやった。プログラムがない時は、おしゃべりをしたり、カードゲームを永遠にやっていた。何時間も続くカードゲームはそれなりに楽しくて、家でじっとしているよりは随分マシだった。私はようやく主治医が言った「居場所」の意味がわかった。

「正しくない」運動会

デイケアに一年くらい通い続けると、私は随分元気になった。毎日行く場所があり、話す人がいるのは良いことだ。働いている人はそれが当たり前に与えられているけれど、私はそれが何年間も奪われていた。仕事ができればそれが一番いいけれど、薬を毎日たくさん飲んでいる自分にはまだ早い気がした。薬の副作用で体重が十キロ以上増えてしまったし、頭がぼんやりすることが多いからだ。働くのは病気が治ってからだと自分に言い聞かせて、私はデイケアに通い続けた。

「今度、みんなで運動会に参加します」

原中さんがミーティングの時に、元気よく話し出した。

「私が前に勤めていた病院で運動会があるんだけど、そこにうちのデイケアのメンバーで参加します。みんな、頑張ろうね！」

原中さんは笑顔だったけど、私はなんとなくうんざりしていた。私は運動が苦手で運動会に参加しても全てビリだったし、チーム戦になると必ず足を引っ張るのだ。けれど、やることもないので、参加することにした。二十歳を過ぎてから運動会をやることになるなんて、人生はよくわからない。

よく晴れた秋の日、電車を乗り継いで会場になっている病院へ向かう。入院施設があるだけあって、とても広い。そして大きなグラウンドもあった。運動場には入場門が設《しつら》えられていた。きっと病院のスタッフが作ったのだろう。

「パン食い競走の人、集まってくださいー！」

普段は看護師をしていると思われるスタッフが招集をかけた。集まったのは老人ばかりで、私が一番若かった。みんな入院患者なので覇気がなく、車椅子の人もいた。列に並び、自分の順番を待つ。小学生の時も、中学生の時もずっとビリで、みんなからバカにされていたけれど、周囲の老人たちの顔を見て、今日なら勝てると確信した。

私は合図とともにダッシュしたが、長期入院患者たちは筋肉が落ちていて、歩いているような状態の人もいる。私は人生で初めて一番前を走った。ジャンプしてパンを咥《くわ》えて、そのまま一位をキープし続けた。足を前に出し、できる限りの力で走った。ゴールの白いテープが目の前にどんどん近づいてくると胸がワクワクする。そのままテープを切ると看護師さんに促され、一等の旗の列に並んだ。人生で初めての一等賞は精神科の運動会であった。私はレースでゲットしたあんパンをかじりながら勝利を噛みしめた。

精神科の運動会は普通の運動会と比べて特殊な競走があった。「ちょっと一服」というレースは、スタートして走り出した後、コースの途中にある台に置かれたタバコに火をつけて吸いながら走るという冗談みたいなものだった。こんな変なレース、この先の人生で参加できることはないだろうという理由で参加を決めた。

タバコを咥えながら老人たちと走るレースは面白かった。正しい運動会ではないことが私をますます愉快にさせ、秋の風を気持ちよく感じさせる。私たちデイケアチームは入院患者に比べて平均年齢も若く、通所できるくらいの体力があるため優勢だった。

「赤勝てー！」

大きな声を上げて応援している人がいるので、そちらの方に目をやると、その人は白いハチマキをしていた。いや、応援するのは白組だろう、と一人で勝手に突っ込んでしまう。

でも、なんだかそんな光景が愛おしかった。ちょっとおかしくてもこの場所では誰も責めたりしない。間違っていても格好悪くても大丈夫なのだ。

運動会も終盤になり、玉入れが始まった。足元にある赤い玉を拾い、カゴに向かって投げる。上を見上げるとたくさんの赤い玉と白い玉が青空の下で跳ねている。思い起こせば、こんな風にゆっくりと玉入れをしたことなど一度もない。学校の運動会に参加した時は、徒競走ではビリだったし、その他の種目でも足を引っ張っていたので、玉入れくらいはクラスに貢献しなければと必死で、空が青いということに気がつけないでいた。

私のそばでは車椅子の人の手に看護師が玉を握らせていた。そしてその人が握った玉を看護師が代わりに投げていた。どちらが玉入れに参加しているのか怪しいけれど、きっと、車椅子の人がこの玉入れの場所にいることが大事なのだ。

学校で行われた運動会はただ強さだけを競い合っていたけれど、そちらの方がおかしいのではないか。強さだけを求めて生きる生き方は、どこかで絶対に転げ落ちる。

それよりも、みんなでこの運動会という場を楽しむ方が大事なのではないだろうか。

玉入れが終わると、仮装レースが始まった。いつもは白衣を着ているお医者さんたちが股間に白鳥のついた衣装を着たり、大阪のくいだおれ人形になったりして、病院の運動場を必死に走る。すでに、どちらが医者でどちらが患者なのかわからない。私はそのレースを眺めながら大笑いした。レースが終わった後、仮装したお医者さんと写真を撮った。写真の私は笑顔だった。

運動会が終わって、帰りの電車に乗り込む。久しぶりにたくさん動いて、たくさん笑ったので疲れてしまった。家に帰ってお風呂に入り、ご飯を食べて眠った。いつもは追加の睡眠薬を飲まないと眠れないのに、この日ばかりは飲まないでも寝られた。

社会からの避難生活

デイケアは楽しかったけれど、不安になることも多かった。今こうしている間にも同級生たちは仕事に行ったり、結婚したりして「普通」の生活を送っている。それなのに私は精神疾患を持つ人たちと一緒に何を生み出すでもない毎日を送っているのだ。朝起きて、ご飯を食べてデイケアへ行き、デイケアが終わったら家に帰って、風呂に入り、ご飯を食べて寝る。ずっとその繰り返しだ。早く働きたいと思いながら、無職の期間が長くなりすぎて、どこから手をつけていいのかわからない。病気は良くなったり悪くなったりを繰り返していて、不安定なままだった。それでも、行くあてのない私はデイケアに通い続けた。

ある晴れた日、恒例のキックベース大会が行われた。遊びだけど、みんな真剣だった。ピッチャーが転がしたボールをみんな真剣に蹴り飛ばす。外野の私は次に蹴られるボールがどこに来るのかを必死に見極めていた。しかし、次の選手は足の悪い立花さんだった。立花さんは歩く時、いつも足を引きずっていたが、運動のプログラムを休むことはなく、毎回参加していた。ピッチャーは足の悪い立花さんのために、弱いボールをコロコロと転がして、立花さんがそれに向かって数歩踏み出す。足がボールに当たると、てろてろとボールが一メートルくらい転がった。すると、立花さんが一塁に向かって走り出す、いや歩き出す。ひょこひょことした歩みを続ける立花さんをみんな黙って眺めている。ゆっくりとした動作でピッチャーが捕球すると、一塁にボールが投げられた。アウトになった立花さんは少し恥ずかしそうにして、ベンチに戻る。

そんなプレイが行われても、誰も立花さんを責めたりしなかった。私たちデイケアのメンバーはそもそも、社会から疎外されていて、その一時的な避難場所としてここに来ているのだ。デイケアのメンバーにも色んな人がいて、差別的な発言をする人もいるし、性格がきつい人もいる。けれど、誰かが誰かを仲間はずれにしたりすることは一度たりともなかった。青い空の下で行われたキックベース大会は本当の意味での平等な場所だった。弱いものを責めることなく、かといって贔屓《ひいき》するわけでもない。はにかみながら退場する立花さんの姿を思うと、あれでよかったのだと思う。

私はデイケアに六年通った。一番健康で、たくさん働ける時期を同じ病気の仲間と過ごした。外の世界で働けない悔しさや、閉じられた空間でしか交流できない寂しさはあったけれど、一人で家の中にいるよりも充実した時間を過ごせたのは確かだ。

働き始めてから、デイケアからは足が遠のき、もう何年も行っていない。デイケアで過ごした期間は、まるで終わりのない夏休みのようだったと懐かしく思う。永遠に続くカードゲーム、卓球大会、運動会。終わりがないことが怖いと思いつつ、みんなと一緒に遊びに興じていた。そして、同じ病気の仲間たちは、私がただ存在することを許してくれていた。何も生産せず、ただ遊んでいたあの時代を無駄だったとは思えない私がいる。

ただ「居る」ことを許してくれる場所

デイケアに通っていたが、彼らと趣味が合わない私は日々、物足りなさを感じていた。その頃、ミクシィというSNSが流行し始め、私はそこで検索して自分と過去に関係があった人を探し始めた。そうしたら、同じ編集プロダクションで働いていた人を見つけたので、友達申請を送った。正直、ほとんど話したことがなく、顔も覚えていない有様であったが、とにかく自分と似たような人と繋がりたかったのだ。

その人が立ち上げたコミュニティで「狩部」というのがあった。みんなで色々なものを収穫しに行ったり、獲りに行ったりした後、それを料理して食べるというものだった。実家で引きこもり、友達が少なくなっていた私は狩部に参加することにした。

春頃、ジャガイモ掘りがあり、私は茨城から電車に乗り都内に向かった。閑散とした駅に降りて、みんなが待ち合わせをしている農園に向かった。

集まっている人は知らない人ばかりだけど、みんな挨拶してくれた。畑で農園の人の指示を聞く。

「ここ一帯のジャガイモは掘っても大丈夫です」

軍手をはめてツルの根元に手をやる。柔らかい土を掘り返すと、色んな大きさのジャガイモがゴロゴロ出てくる。

「見て見て～！　超大きい！」

「これ小さすぎて食べられないかな？」

などと、はしゃぎながらみんなでジャガイモを大量に収穫した。こんな風にみんなで芋を掘るのは幼稚園の芋掘り遠足以来で、なんだか懐かしくなった。


歩きながら狩部の人に話しかける。

「初めまして、小林エリコっていいます。『精神病新聞』を書いています」

私はこの頃、自己紹介をする時、自分が作っているフリーペーパーの名前を言うことにしていた。そうするとすぐにわかってもらえるからだ。

「『精神病新聞』の人なんだ。私、模索舎で買ったことあるよ」

そんな話をしながら歩いていると、一軒のマンションに着いた。ドアを開けてみんながガヤガヤと入っていく。奥の方には車椅子に乗っている人がいた。

「健ちゃん！　元気ー？」

車椅子の人はうまく話せないようだが、少し手を動かして応える。全身が思うように動かせないらしく、しゃべるのもおぼつかない。脳性麻痺の人だろうか。

「健ちゃんは作家なんだよ。こんなにたくさん本を出してるの」

同居人と思われる女性が教えてくれた。彼女は有紗ちゃんといって、大きな目と短い髪の毛がトレードマークだ。有紗ちゃんは健ちゃんに色々話しかけている。私は街中で車椅子の人を見ることはあっても、知り合いにはいないので、少し緊張してしまった。けれど、障害を持っている人が家族じゃなくて友達と暮らしていることを嬉しく思った。

私は台所に移動してジャガイモを洗い始める。

「これはなんの料理にするんですか？」

隣にいる女性に尋ねると、

「これはニョッキにしようかな」

と皮を剝きながら答えてくれた。

ジャガイモを切ったり茹でたりして、少し疲れたので、みんながいるところに座る。みんなは非実在青少年について笑いながら話していた。私はそばに置いてあった缶ビールを開けて話を聞きながら、みんなが笑った時に私も笑った。自分がいることを拒否しない空間は心地よかった。

ビールを飲んでいるうちに料理が出来上がってきて、たくさんの器がテーブルに並ぶ。ニョッキ、肉じゃが、ポテトサラダ、じゃがバター。それらをつまみながらみんなでワイワイとお酒を飲む。

「健ちゃんもお酒飲むって」

車椅子の健ちゃんは体をうまく動かせないでいたが、有紗ちゃんから差し出されたコップを手に取るとストローで酒を上手に吸った。

「ストローで飲むと酔いが早いんだよね」

と、有紗ちゃんが言うと、みんな笑った。

陽が傾きかけた頃に、私は「家が遠いので」と言ってマンションを後にした。ものすごく仲の良い人がいるわけでもないし、みんなの名前を全て覚えているわけでもないけど、私はこの場所が好きだと思った。居てもいいし、居なくてもいい、だけど、決して軽んじているわけではない。そういう距離感がありがたかった。


狩部の次のイベントは潮干狩りだった。何の予定もない私は早速コメント欄に「行きます！」と書き込んだ。

海に来たのは何年ぶりだろう。子供の頃、大洗《おおあらい》の海に行った時以来だろうか。いや、確か短大生の時に、祥子ちゃんと鎌倉の海に行ったことがあった。潮風を体に受けて、胸いっぱいに空気を吸い込む。初夏の空は雲一つない青空で、気持ちが良かった。仕事がないこと、社会に所属先がないこと、不安はとめどなく湧き上がるが、今日この日、ここに来られてよかった。

この日も、私は家が遠いので先に帰宅した。母へのお土産に袋いっぱいのアサリを持って帰った。

狩部の活動は年に数回しかない。狩部がない時は、「ギャルハウス」でのイベントに参加した。ギャルハウスとは、狩部のメンバーも数人暮らしているシェアハウスである。狩部とギャルハウスのメンバーはかなり被っているので、みんなに会えるのが楽しみだった。

ギャルハウスは都内の木造一戸建てで、作りが古い。玄関に入ると猫のムーちゃんがお出迎えしてくれた。今日は牡蠣《かき》パーティが開催されるのだが、今回の牡蠣はギャルハウスの住人やその友人たちが共同出資をして養殖した牡蠣だそうで、漁師さんが送ってくれたものが大量に届いていた。

まず、牡蠣の殻を剥くところから始まるのだが、これが意外に大変だった。殻の隙間にナイフを入れるが、なかなかうまく入らない。入っても、綺麗に殻が開けられなくて、身を取るまでに時間がかかる。一、二時間奮闘していたが、私は疲れてしまって、猫のムーちゃんにちょっかいを出して、猫パンチされては喜ぶというプレイをして暇を潰していた。

「そろそろ食べるよー！」

掛け声とともに、牡蠣鍋が準備されて、生牡蠣も大量に出てきた。

「私は絶対に生で食べない！」

細くて可愛い女性が絶叫した。

「去年あたってひどい目に遭ったから！　私は食べない！」

みんな、アハハと笑いながら彼女を見る。その子はもうすでに日本酒を飲んで酔っ払っていた。私はあたりませんようにと願いながら生牡蠣を食べた。とろりとミルクみたいな味がした。そのあとは牡蠣鍋を食べて、お酒を飲んで楽しく過ごした。

帰りの電車に揺られて、母の待つ茨城の団地に向かう。私はこんなに東京が好きで、東京にたくさん友達がいるのに、茨城に住んでいることが悲しかった。

慣れるべき優しさ

狩部やギャルハウスの友達とは年に数回しか会わない。開催をいつも心待ちにしているけれど、私は一年のほとんどを何もせずに過ごしていた。二週間に一度の通院が仕事で、毎日の服薬が自分に与えられたやるべきことだった。大半は実家で母と過ごしていて、大人なのに母とばかり過ごしている自分が嫌だった。

風の便りに友達が結婚した話を聞いた。みんな自分が育った家庭を抜け出し、新しい自分の家庭を築いているのに、自分にはそれができない。家庭を持つどころか、お金を稼ぐこともできない。自分の部屋で寝転んでいると、大きな黒い不安に襲われた。私は一生このままなのだろうか。ここでこうやって母と一緒に歳をとり、この茨城の団地から出られないのだろうか。大きな絶望はまるで死のように襲いかかり、私の首を締めた。

私はいてもたってもいられなくなって、母のいない隙に大量の薬を飲んだ。しばらくして、買い物から帰ってきた母が私を発見して病院に運んだ。私は死ねなかった。

退院してしばらくしてから、自殺未遂をして入院したとミクシィの日記に書いた。コメントが数件ついた。毎日やることがない私はずっとミクシィばかり眺めていた。ある日、狩部のコミュニティが更新された。健ちゃんの家で飲み会が行われるそうだ。私はいつものようにそれに参加することにした。茨城から電車に乗り、東京まで行く。二時間以上かけて会場へ向かった。

マンションに入ると、なんだかいつもと様子が違う。部屋には飾り付けがたくさんしてあって、パーティ会場のようになっていた。

「今日は何かのお祝いなんですか？」

私が少し大きめの声で誰に言うでもなく言葉を発すると、みんながクラッカーを鳴らして大声でこう言った。

「お誕生日おめでとう〜！」

立ち尽くす私の前にケーキが運ばれてくる。有紗ちゃんは知っていたみたいで、ニコニコと私を見ていた。有紗ちゃんと私の誕生日は少ししか違わないので、一緒に祝おうということだった。

「エリコさん、有紗ちゃん、誕生日おめでとう！」と書かれた誕生日ケーキを持って有紗ちゃんと一緒に記念写真を撮る。そして、その後、会場に来ている狩部の人と、ギャルハウスの人が一列になって私に次々と誕生日プレゼントを渡してくれた。

私は感極まってボロボロと泣いてしまった。私は子供の頃から一度も誕生日会を開いてもらったことがない。学生の時は友達から何回か誕生日プレゼントをもらったことがあったけれど、どこにも所属しなくなってから、プレゼントをもらう機会はめっきり減ってしまった。私はたくさんのプレゼントを両手に持って年甲斐もなく泣き続けた。

「ありがとう、ありがとう。嬉しい」

私は肩を上下させて泣き続けた。みんな困った顔をしながら笑っている。泣きながら食べたケーキの味は涙が混じって甘じょっぱかった。

帰る時に、今日の会の主催者に会費として五千円を差し出したのだけれど、頑なに断られた。あまりの優しさに辛くなってしまう。

けれど、私はこういう優しさに慣れなければいけないのだ。私はこの先、一生働けないかもしれないけど、もしかしたら働けるかもしれない。もし、働いてお金を稼ぐことができたなら、辛い思いをしている人にたくさん奢ってあげたい。茨城の自宅へ向かう電車の中、窓に流れる景色を眺めながら、そう決意した。

ストリッパーに魅せられて

いつものようにパソコンを立ち上げてマイミクの日記を見る。狩部を主宰している人がストリップをよく見に行っていることが書かれていた。どうやら知り合いにストリッパーがいるらしい。私は思わずこうコメントした。

「私も一度、ストリップを見に行ってみたいです」

その人が「じゃあ一緒に行きましょう」と返信をくれて、ストリップ小屋に行くことになった。

夜の上野で待ち合わせをして、ストリップ小屋に向かう。私はあらかじめインターネットでチケットが千円割引になる券を入手していたので、少し安く入れた。ストリップはそんなに高くなくて、当時で四千円くらいだった。

劇場に入ると客席は満員で大変な熱気だ。ステージから少し離れた席に座ってショーが始まるのを待っていると、大音量の流行りの曲とともに赤やピンクのライトがステージを扇情的に照らす。舞台の端から踊り子さんが薄いベールのような衣装を着て登場し、ゆらゆらと踊り出した。艶やかな肌がライトを浴びて妖しく滑らかに光る。私はその姿をまるで夢を見るような気持ちで見ていた。人の体というものがこんなにも躍動感と生身の存在感を帯びて迫ってくる様を見るのは初めてだった。

次第に踊り子さんは纏《まと》っているベールを脱ぎ、一糸纏わぬ姿になる。そして両足を広げ、股間を観客に披露すると、客席から大きく拍手が起こる。私は自分以外の女性の性器を生で見るのは初めてだった。そして、その性器が拍手をもって迎えられるのになんだか不思議な感動を覚えた。初めてできた彼氏にこんな風に自分の体を受け入れてもらえていたら、とぼんやり思った。

パンクなストリッパー

何人かの踊り子さんを見た後、知り合いの友達のノンちゃんのショーが始まった。ノンちゃんはなんと、ザ・ブルーハーツの「首つり台から」という曲で登場した。

「ノンちゃんはさ、パンクが好きなんだよね」

隣に座っている知り合いが耳元で教えてくれる。

ノンちゃんは白いレースのノースリーブにチュチュみたいな白いスカート、白黒のボーダーのニーソックスという衣装で、ステージ上をぴょんぴょん飛び跳ねて、ヒロトの声に合わせて踊る。人前で裸を見せるのはもしかして、首つり台に上っているような緊張とヤケクソ感が同居しているのかもしれない。その後、ムードのある曲調になり、ノンちゃんはスカートを脱ぎ、下着を取って裸になった。小ぶりな胸がライトを浴びて、キラキラと輝く。アクロバティックな動きで、自分の股間を開き、客席に披露すると拍手が起こった。私もお客さんに合わせてパチパチと手を叩いた。

ステージで踊り子さんが踊り終わった後はチェキ会になる。私が勇気を出して手を挙げてノンちゃんのそばに行ってお金を渡すと、スタッフの人がチェキを撮ってくれた。ノンちゃんは真っ黒なアイラインをみっちりと引いていて、それがとても印象的だった。私の肩に手を回した笑顔のノンちゃんとの写真が出来上がると、彼女はそれにサインを書いてくれた。「精神病新聞の大ファンです！ ノンより」とコメントも書いてくれて、私は大切にそれをカバンにしまった。隣にいた知り合いが「そのお金はノンちゃんにいかないで、上の人にいくんだよね」とこっそり教えてくれた。

その後はおさわりタイムが始まって、千円を渡すとノンちゃんの胸が触れる時間になった。ヨボヨボのおじいさんがステージ近くに来て、お金を払いノンちゃんの胸を触る。私は彼女がまるで観音様のような尊い存在に思えた。

帰宅してから、パソコンを立ち上げてノンちゃんにマイミク申請を送ると、すぐに承認してくれた。日記でこれからのスケジュールを上げてくれるので、行けるものは全て行くことにした。ノンちゃんはストリップのステージにだけ立っていると思っていたのだけれど、そうではないことを知った。個人的に小さなイベント会場を借りてショーをしていることを知ってからは、そちらの方に行くことにした。

茨城の実家から電車に揺られて、東京のよく知らない駅まで行く。なんとか会場に辿り着くと、踊り子はノンちゃんだけで、周りには数十人のファンがいた。ノンちゃんはしっとりとした曲を流し、ピンクのレースのワンピースを身に纏い、くるくると踊り出した。ワンピースは透ける素材で、肌をピンク色に染め上げていた。体をそらし、足を上げ、五体を全て使って、人の体の美しさを懸命にノンちゃんは語っていた。

私は一秒も見逃すまいと、穴の開くくらいノンちゃんを見た。会場の窓から月明かりが差し込み、ノンちゃんのショートヘアを染めあげる。私は夢を見るような気持ちだった。時折、「おまんこ見せろー!」と男の人が怒鳴ったけれど、ノンちゃんは我関せずといった感じだった。この日のショーではノンちゃんは股を開かなかった。個人でやるショーはストリップ小屋でやるものと違うらしくて、私はこちらのショーの方が気に入り、足しげく通うようになった。

そのうち、私はノンちゃんと飲みに行ったり、遊んだりするようになった。普通の会社員みたいなスケジュールで働いていないせいか、平日はわりと空いていて、私の相手をしてくれた。大体、夜に安い居酒屋で飲んで、どうでもいい話をした。ノンちゃんは笑うとタレ目がますます下がって、とても可愛らしかった。そしてノンちゃんは、ギャルハウスというところに住んでいるのだと教えてくれた。

女の体を肯定する

ノンちゃんのストリッパー十周年記念のイベントがあって、私はそれに参加した。会場は都内のハプニングバーで、ノンちゃんの周りにはたくさんの人が集まっていて、みんながお祝いしていた。私が小さな花束を渡すと「ありがとう」と言って受け取ってくれた。

会場にはゆったりとしたベルベット素材のソファが置かれ、高そうな家具が並んでいた。天井にはシャンデリアがあって、いつもよりも立派な会場だった。みんなお酒を飲んでそれぞれ過ごしていて、私もギャルハウスのメンバーを見つけると話しかけた。

しばらくすると、ノンちゃんが自分でアンプを運んできて、音響のセットを始める。私はノンちゃんが踊り始めるのを今か今かと待った。小さなピンクの椅子を置くと、その上に座りゆっくりと虚空に手を伸ばす。セクシーなベビードールの衣装から伸びた腕は美しく、指の先まで魂がこもっている。足を上げると、くるりと体を回転させ、スラリとした背中を見せる。椅子を中心にして、ノンちゃんは音楽に合わせて、その肉体を私たちに見せつける。その様は、今ここにノンちゃんという一人の女が存在しているという宣言だ。

私はノンちゃんの踊りに何を求めているのかを、ふと考えた。彼女が胸をそらし、丸みのあるお尻を突き出す度、私は女であることを肯定されている気持ちがした。私は自分の肉体が嫌いだった。学生時代に酷い痴漢に遭ったせいか、自分の女の体を恥じていた。けれど、ノンちゃんは女である自分の体を全肯定していて、もっと見てと言わんばかりに妖艶に踊る。私も本当はノンちゃんのようになりたいのだと思う。自分の体を美しいと信じて、人の目の前にさらけ出したいのかもしれない。ノンちゃんはこの日のショーでは裸にならなかった。ほぼ半裸ではあるけれど、衣装はつけたままだった。それでも裸以上にセクシーだった。

ある日、いつものようにノンちゃんと飲みに行った。ノンちゃんは「取材を受けたの！　これ、エリコさんにあげる！」と言って実話誌を渡してきた。「え！　自分で買うよ！」と言ったけれどノンちゃんが無理やり渡してきたので、結局受け取ってしまった。

ノンちゃんがタバコを吸って他の踊り子さんとおしゃべりしている写真があって、その次のページにはデザインフェスタでストリップをする様子が載っていた。デザインフェスタは絵画などの作品が展示されるアートイベントであり、ストリッパーにとってはアウェイな空間とも言える。そして、会場のお客さんもノンちゃんのことをアイドルか何かがダンスをしていると思っていたらしい。しかし、ノンちゃんは一枚ずつ衣装を脱ぎ、最後は裸になり、ピンク色の小さな椅子に背中を預け、大きく上体をそらし、その姿を男性たちはカメラに収めていた。運営側にきちんと許可を取ってのショーとはいえ、かなり衝撃的な内容だった。

ノンちゃんは取材する記者にこう答えていた。

「あたしはいつも、いっぱいいっぱいで全てをさらけ出しながら踊っている。あんたたちはそれをお気軽にカメラに収めようとする。フザケンナ！　っていう気持ちだった」

ノンちゃんはやっぱりパンクだったのだ。規範とかそういったものを蹴飛ばして、裸一つで生きているのだ。

記事のインタビューによると、ノンちゃんは元々美術系の大学で映像を専攻していたという。そして、作品作りをする過程で、「どうせなら自分自身の体を作品にしなきゃ」と考え、初めてストリップを見た時に、これが自分のやりたいものだと思い、劇場に通い詰めたのち、自ら事務所の門を叩いたそうだ。

私はこの記事を読んで、自分がなんでノンちゃんに感動していたのかわかった。ノンちゃんは裸をさらしながら、常に不安や葛藤に苛まれていた。そして、ノンちゃんは自分の裸を通して、芸術表現をしていたのだ。その後、ノンちゃんは引退して、結婚したと聞いた。ストリッパーはどうしても年齢に限界がある。でも、もし、ノンちゃんがこの先何かの時に、ストリップをやったら、絶対に見に行く。歳をとってハリがない肌になっても、少しお腹がたるんでしまっても、女の裸はいつだって美しいはずだ。女が美しいと教えてくれたのはノンちゃんなのだから。

芸は身を助く

精神科デイケアの往復と、狩部への参加。その繋がりで知り合ったストリッパーの舞台を見に行くなどして、私は無職ながら比較的充実した日々を過ごしていた。そして、この頃、暇を持て余した私は、自分でフリーペーパーとミニコミの発行を始めていた。

フリーペーパーというのはその名の通り、無料で店頭に置かれているチラシのことを指す。ただ、私が作っていたのは、お店の宣伝ではなく、自分が書きたいことを自由に書くもので、東京にはそのような個性的なフリーペーパーを置く店が二軒あった。新宿の「模索舎」と中野ブロードウェイにある「タコシェ」だ。両店はミニコミを取り扱うお店としても知られる。

ミニコミというのはマスコミの対義語にあたり、個人が自費で発行している本のことを指す。今でいう同人誌にあたるが、漫画の二次創作ではなく、文章のみで構成されているものがほとんどで、自分が好きなことを好きなように書き連ね、編集したものだ。色々なお葬式の形を提案する「フリースタイルなお別れざっし葬」や童貞心を追求する「恋と童貞」など、個性的なものが多く、流通も限られている。東京の短大に通っていた頃、「模索舎」や「タコシェ」に足を運び、店頭のミニコミを物色し、ラックに並べられた個人が発行しているフリーペーパーを片っぱしから集めていた。

フリーペーパーのタイトルは「精神病新聞」に決めた。病気真っ只中の私にはこれしか思い浮かばなかった。しかし、内容は精神病と全く関係なく、私が好きな及川光博への愛をひたすら書き連ねただけのものだ。家にある古いパソコンのワープロソフトで文章を打ち込み、漫画の原稿用紙にプリントアウトした文章を貼り付けて、空いた場所にイラストを描き、コピー機で百枚ほど刷って店員さんに置いてもらうように頼む。大抵の人は仕事をしていて忙しいので、不定期刊行のペーパーがほとんどだが、暇を持て余していた私は毎月発行していた。「精神病院入院体験記」や「自殺未遂者対談」などきわどい内容を書き続けていたら、雑誌や新聞から取材を受け、私のフリーペーパーはその界隈で注目を浴びた。フリーペーパーをまとめたものをミニコミとして発売し、書き下ろしも制作するようになった。ミクシィもやっていたので、ミニコミ関係のコミュニティで情報交換したり、イベントにも顔を出したりした。「精神病新聞の小林エリコです」と言うと、みんなすぐにわかってくれるので、嬉しかった。

「車掌」との出会い

編集プロダクションに勤めていた時の友人に三本義治さんという人がいる。私が会社を辞めてしまっても時々連絡をくれて、彼が参加している「車掌」というミニコミの企画に誘ってくれた。その日の企画は閉店するラーメン屋のメニューを全て注文して食べるというもので、なかなか面白かった。そこでメンバーの人たちと顔見知りになり、私も「車掌」に参加させてもらうようになった。

「車掌」は電車関係のミニコミではなく、むしろ、全く関係ない。なぜ「車掌」というタイトルなのか私もわからない。「車掌」は毎号特集が変わり「鈴木特集」「祖父特集」「画鋲特集」など、特集名だけでは理解ができない。世界で一番説明しづらいミニコミ、それが「車掌」である。

「車掌」の人気企画の一つに「尾行」がある。「鈴木特集」の時には歩道橋の上から大声で「鈴木さーん！」と叫んで、その時に振り返った人を「鈴木さん」と特定し、ひたすら尾行したそうだ。私はこの時の尾行には参加していないのだが、かなりの時間尾行を続け、やっとターゲットの家に辿り着いた時に表札を見たら「鈴木」ではなかった、というオチがついている。

初めての尾行

私が参加した尾行は「伊藤岳人特集」号にて行われた「すいている尾行」というものだ。伊藤岳人というのは「車掌」のスタッフで、編集長の塔島さんの言葉を借りれば「愛想のない人」である。私も「車掌」の企画で何回も会ったことがあるが、伊藤さんは全く笑わない。顔の筋肉を一切動かすことなく、ただそこにいるだけで、言葉も滅多に発しない。

実は本号の真のテーマは、ただひたすら「すいている」という事象について突きつめるというものであった。すいている店、すいている街、そして、すいている尾行。しかし特集名は何故か「伊藤岳人特集」なものだから、みんな伊藤岳人になりきって尾行をするという謎の展開となった。

今回の尾行では、すいている道を歩いて、初めにすれ違った人をターゲットにすると編集長の塔島さんから指令が下った。編集部員は知恵を出し合い、人が少ない場所を考え「河川敷なら人があまりいないはず」という結論を出した。

尾行当日、「車掌」スタッフと落ち合い、河川敷を歩く。すると、結構早いタイミングで人とすれ違い、ターゲットが決まってしまう。「車掌」スタッフは尾行慣れしており、足早にターゲットを追跡するが、引きこもりで運動不足の私はみんなの後を追うのが精一杯で、すぐに疲れてしまった。しかも、ターゲットの移動速度が速いので、うかうかしていると見失ってしまう。それに、私たちがまとまって尾行すると気づかれてしまうので、みんなバラバラになって尾行しなければならないため結構気を遣う。さらに、「すいている特集」のため、お腹をすかせていないといけないという縛りまである。ターゲットが街中に入り、小道に入った瞬間に見失ってしまった。みんなで集まってターゲットの情報を確認し合うが、もう近くにはいないようだ。仕方ないので、そばにあったお店に入り、みんなで休憩する。烏龍《ウーロン》茶を飲んで疲れを癒していると、お店に猫がいた。動物好きの私は思わず「お宅の猫ちゃんですか？」と親しげに声をかけ、お店の人と話しながら、猫を触らせてもらう。猫を撫でていると「どこから来たんですか？」と聞かれた。素直に「茨城の方から」と答える。すると、店主は驚いて「どうしてこんなところまで来たんですか？」と尋ねてきた。確かに、今日訪れた場所は茨城からずいぶん離れている。まさか「尾行です」とは言えず「知らない街を歩くのが好きで」と嘘をついた。尾行は本当に大変だ。

尾行、再び

　また、ある暑い夏の日、別の企画で再び尾行することになり、都内某所に「車掌」スタッフが集合した。ターゲットが決まると、任務が始まる。ターゲットがスーパーに入れば、我々も入り、それとなく後をつける。ターゲットが電車に乗れば、我々も電車に乗るし、パチンコ屋さんに入ったら、出てくるまで待たなければならない。

「本当に尾行はめんどくさいよねー」

　一緒に尾行している神田ぱんさんが愚痴《ぐち》る。ぱんさんとは「車掌」で知り合ってから、個人的に何回か飲みに行ったりする仲になった。彼女はとても面倒見がよく、優しいので、私はぱんさんが好きだった。精神的に落ち込んだり、不安定な時に突然電話をしても、彼女は嫌がらずに私の話を聞いてくれるのだ。

「あ！　このお店美味しそう。私、ちょっと行ってくる」

　そう言ってぱんさんは尾行をやめてお店に入った。ターゲットを追い始めてから二時間近く経っていて、私も体力の限界を感じたので、ぱんさんの後を追って店に入った。ビールを飲みながら、ぱんさんと話を交わす。

「流石に暑くて疲れてきちゃいますね」

私がビールを飲みながら話しかけると、ぱんさんはタバコに火をつけながら答える。

「本当だよ！　塔島さんじゃなきゃ、こんな面倒なことやんないよ！」

ぱんさんの言葉に思わず笑いが出てしまう。「車掌」関係のことは本当に面倒なことが多い。ミニコミでありながら、編集会議はあるし、わけのわからない企画に付き合わされる。でも、関わっている私たちは編集長の塔島さんが作るものが面白くて、放っておけないのだ。

三本さんも、プロの漫画家でありながら、「車掌」に寄稿しているし、他にも南伸坊氏やら嶽本野ばら氏も寄稿していて、「車掌」の魅力は色々な人を巻き込んでいる。


思えば「車掌」に参加していた時、私の居場所は精神科デイケアしかなかった。デイケアに来ている人たちとはあまり趣味が合わないので、少し我慢して話を合わせていた。それに比べて「車掌」の人たちとは共通の文化の話ができるので、いつもの自分で過ごすことができた。当時の私が喉から手が出るほど欲しかったのは居場所であった。そして「車掌」は私に所属を与えてくれた。「『車掌』に関わっている」とミニコミを知っている人に話す時、私は少なからず満足感を覚えていた。

「車掌」の集まりはめんどくさいと言いながら、スタッフはきちんと集合する。集まれば、「車掌」の話だけでなく、自分の子供の話や、本業の話、他の「車掌」スタッフの話なんかをする。親友や友人のような、一対一の人間関係ではないけれど、大きな枠組みの中で、お互いを気遣う人間関係の中に居た。

私に「車掌」を教えてくれた、三本さんが結婚することが決まった。三本さんが「車掌」の人たちに結婚式に来て欲しいと呼びかけたところ、都合のつくスタッフが何人か参加することになった。

ある晴れた日曜日、都内の神社で式が執り行われることになり、私は持っている中で一番綺麗なワンピースを着て参列した。編集長の塔島さんもスーツを着てやってきて、神田ぱんさんも紺色の素敵なワンピースを着てきた。そして、伊藤岳人さんはやっと歩けるくらいの自分の子供を連れてきた。

和服を着た三本さんが「車掌」スタッフに挨拶する。

「来てくださって、ありがとうございます。ただ、うちの母親が病気になってしまって、新郎の母親が参列しないのに、他の親が来るのはおかしいんじゃないかって話になり、新郎と新婦、両方の両親が来ないことになってしまったんです」

と、びっくりすることを伝えてきた。

新郎の控室には、「車掌」スタッフが勢揃いしていて、親戚でもないのに、「親族一同」みたいになってしまった。

「なんだか変な結婚式になっちゃいましたね」

私が苦笑しながら塔島さんに話しかける。塔島さんも「ほんとにねえ」と驚きながら答える。控室では伊藤さんの息子が笑いながらお父さんの周りをグルグル回っている。

「伊藤さん、『車掌』の記事では『息子を憎んでしまうかも』とか書いていたのに、すごい優しそうな顔をしていますね」

私が塔島さんに耳打ちする。

「本当よ。伊藤さん、編集会議でもほとんどしゃべらないのに、こんなに笑っていて、信じられないわ」

ぱんさんも激しく同意した。


式の時間になると、私たちも本殿に入ることになり、三本さんと新婦が三三九度をする様子を近くで神妙に眺めた。私たち「車掌」スタッフは年に一、二回しか集まらないし、編集長の声がかからなければ、年に一回すら会わない時もあるけれど、そういう関係を十年以上続けているので、親しいといえば親しいといえる。

結婚式が終わった後、遅れて三本さんの友達がやってきた。「ガロ」でデビューした漫画家の逆柱《さかばしら》いみりさんは、結婚式につげ義春の「ねじ式」のTシャツでやってきた。しかも、足元は下駄だ。私は大爆笑してしまった。

「スーツとか持っていないですし」

逆柱さんはあっけらかんとそう言った。


その後、神社の前で写真を撮った。晴れ着の三本さんと、白無垢《しろむく》の新婦。新婦のお兄さんとお友達。そして、「車掌」スタッフ。なんだか変てこな結婚式だったけれど、楽しかった。仕事もなく、デイケアでも寂しさを感じていた私にとって「車掌」の人たちといる時は、素の自分でいられる大切な時間だった。

一冊のミニコミを作ることだけで繋がっている私たちだけど、決して切れない繋がりの一つでもある。

生と、死と、この世界にかけられたリボン

精神科デイケアを往復しながら「車掌」のスタッフとして活動する日々を続けていた私は、三十歳になった時、実家を出て一人暮らしを始めた。その後、私は生活保護を受けていたが、どうしても働きたくて、あるＮＰＯ法人に電話をした。そこで漫画の単行本を編集する仕事をもらった。しばらく自宅で仕事をしていたが、ある程度まとまると事務所で仕事をすることになった。

「初めまして、小林エリコといいます」

きちんと働くのは十年ぶりくらいで、私はひどく緊張していた。職員の人たちに挨拶をして、空いている席に座る。机の上にはパソコンがあり、電源を入れるがなかなか起動しない。やっと立ち上がったパソコンで原作者と漫画家にメールを送る。仕事でパソコンを使うのが初めてなので、おっかなびっくりだった。

最初のうちは月に数回しか事務所に来なかったけれど、徐々に来る回数が増えてきて、最終的には週五で働くようになった。一年くらい給料が出ないボランティアのスタッフだったけれど、自分から仕事を見つけて単行本以外の仕事をするようになると、働きが認められて給料が発生するようになった。最初の頃は慣れなくて大変だったが、

職場で過ごす時間が増えてくると居心地が良くなってきた。

きっかけは赤瀬川原平

私が勤めているNPO法人は十人程度しか働いておらず、年齢の高い人が多かった。私の机の前に座っているのはパートの白川さんという女性だった。私の母より少し若いくらいで、ショートヘアが活発に映った。

赤瀬川原平が亡くなったことをきっかけに、白川さんと芸術の話をした日があった。

「あなた、赤瀬川原平知ってるの?」

白川さんは目を丸くして驚いた。

「知ってるも何も、大好きですよ! 『超芸術トマソン』を初めて読んだ時、衝撃を受けましたもん!」

少し大げさな身振りで話すと、白川さんはますます興味を示してきた。

「あなた、本当は私と同い年なんじゃないの?」

そんな冗談に私は笑い声を上げた。

「そういえば、千葉の美術館で赤瀬川原平の展示がありますよ。行きませんか?」

私は勇気を出して誘った。白川さんは快諾してくれた。職場の人とどこかに行くのは初めてだった。私は白川さんと携帯の番号を交換した。

休みの日、白川さんと駅で待ち合わせて美術館へ向かった。彼女は面白い人だった。たくさん本を読んでいるらしく、話をしていて少しも飽きない。

「あなた、佐野洋子、読んでないの？」

正直に読んでないと言うと驚いていた。

「今度、プレゼントするから。きっと好きになるわよ」

白川さんはそう言った。

美術館は千葉駅から少し離れた場所にあり、歴史を感じさせる古さだった。会場には赤瀬川原平の芸術作品が所狭しと飾られている。赤瀬川原平、高松次郎、中西夏之が作った芸術グループ、ハイレッド・センターのチラシやポスター。「！」のマークがついた缶詰。銭湯の煙突のてっぺんを魚拓のようにして紙にその跡を取ったもの。車のタイヤだかなんだかを分解したものや、意味がわからないものが多数あったが、そのわからなさが芸術とは何かを突き詰めた赤瀬川の軌跡であり、彼の脳内の広さを証明していた。使っていたライカカメラも飾られていて、写真も収められていた。こんな大きな展示はなかなかないと思う。

二人で感嘆の声を上げながら展示を鑑賞し終えると、近くにあったホテルの喫茶店でお茶を飲んだ。

「これ、あなたにあげるわ」

白川さんはとても分厚い展示の目録を渡してきた。会場で白川さんが目録を買っていたのが見えたけれど、まさか二冊買っているとは思わなかった。

「だってこれ、ものすごく高いじゃないですか！」

私がびっくりしていると、

「いいのよ。だって、これはあなたに必要よ」

そう言って渡してくれた。私は何千円もする目録を大事に抱きしめて心の奥が熱くなった。私は芸術が大好きだけれど、目録を買ったことがほとんどない。何千円もする本なんて高くて買えないからだ。それに、働き始めたといっても、私の月給は十数万で決して楽な生活ではなかった。高価なものをくれたということより、私は、私の好きな芸術を理解している人がこの目録をくれたことが嬉しかった。白川さんは色々な展示に足を運んでいて、行った展示の目録は全て買っていると教えてくれた。


その後、私は思い切って自宅に白川さんを招いた。こんなに心の底から芸術を語り合える人はなかなかいなかったので、もっと話したかったのだ。

私の家はずいぶん田舎で、閑散としていたけれど、白川さんは「素敵なところね」

と言ってくれた。宝物の本や漫画を見せた時も、佐々木マキのサイン入りの絵本を見て「これはとても大事な本ね」と言ってくれた。

巡り会う仲間たち

私は子供の頃からずっと絵を描いていたけれど、絵の勉強ができないまま大人になった。押し入れの奥にはキャンバスに描かれた大量の絵があったが、とうとう日の目を見る時がやってきた。高円寺で飲食店をやっている友人が二階を改造してギャラリーにした時に、誘われて絵の展示をすることになったのだ。白川さんにも個展のＤＭを渡したら、笑顔で受け取ってくれた。

個展当日、私は朝早くからギャラリーで大量の絵と格闘していた。友人が手伝ってくれて、なんとか全ての作品の搬入が終わり、一階に下りるとお客さんがたくさん集まっていた。そこには白川さんもいた。白川さんは私の友人たちと何やら盛り上がっていて、時折、どっと笑い声が起こる。

「エリコさん！　エリコさんはとてもいい人がいる職場で働いてるんだね！」

私の友人が大声でそう言った。

「そうだよ！　白川さんはいい人だよ！」

何が起こっているのかわからないけど、私はそう答えた。

「展示の準備ができたから、ギャラリーに来てもいいよ！」

一階のお店で飲み食いしている友人たちに声をかけたけど、みんなおしゃべりに夢中になってギャラリーに上がってこない。そんな中、白川さんはスッと立ち上がり、二階のギャラリーに足を踏み入れた。そして、ＤＭに使った一枚の絵をじっと見た。私が初めてキャンバスに描いた、ムンクの「思春期」の模写だ。

「思っていたより小さいのね」

そうポツリと呟いた。その後、ギャラリーに飾ってある絵を一枚ずつ丁寧に眺めた。芸術を愛する白川さんに絵を見てもらうのはなんだか緊張した。そして最後に「あの小さい絵。ムンクの模写。あれを買うわ」そう言って封筒を渡してきた。中には二万円も入っていた。

「いやいやいや、こんな高額、受け取れないですよ！　千円ぐらいでいいです！」

おどおどして断るのだが、白川さんは続けた。

「絵は、一番最初が大事よ。受け取って」

私は断るのも申し訳ない気がして受け取った。それに、私は絵に値段をつけていなかった。もちろん売る気ではいたけれど、自分の絵にいくらの価値がつくかも理解していなかった。

「絵は、言い値でいいのよ。自信を持って」

私はなんだか泣きそうになった。美術の勉強をしたくてたまらず、それでも絵を諦めなければならなかった過去が思い出される。系統立てて学んでおらず、画材の使い方もあやふやな私の絵を評価してくれたことが嬉しかった。

「もっと、たくさん絵を描くのよ」

白川さんの言葉と、お金の入った封筒を握りしめて、私は胸の奥が熱くなった。絵を描けと言ってくれた人が私の人生で何人いただろうか。ああ、そうだ。私は絵が描きたいんだ。本当はずっと絵筆を握っていたいし、キャンバスに自分の感情をぶつけたいのだ。

その後、絵は飛ぶように売れ、私のポーチはたくさんのお札でふくらんだが、二万円という高値で買ってくれたのは白川さんだけだった。

個展は最初、一週間だけの予定だったが、次の週もギャラリーが空いているのと、大盛況だったこともあり、引き続き開催することにした。すると、懐かしい顔が現れた。ギャルハウスのメンバー二人が会いに来てくれたのだ。

「わー！　久しぶり！　なんで、どうして!!」

私は嬉しくて思わず歓声を上げてしまう。ギャルハウスはあれから解散してしまい、それきり狩部の活動もなくなり、ミクシィもやめてしまったので彼女たちと連絡が取れなくなっていたのだ。

「エリコさんのファンだもん！　ブログ、ずっと読んでるよ！」

来てくれた有紗ちゃんは子供を抱っこしていた。いつの間に産んだのだろう。もう一人の友達は、今は八丈島に住んでいると教えてくれた。

「何回か観光で行ったら好きになっちゃってさ。今度遊びに来てよ」

そう言って八丈島で穫れたお芋をくれた。

「うん！　行く、絶対行く！」

みんなで記念写真を撮って、LINEを交換する。私のことを忘れないでいてくれたことが、ただひたすら嬉しい。

ギャルハウスの二人が帰った後、一階の飲食スペースで食事を取っていると、時を経てもなお深く心に刻み込まれている人物のシルエットが目に飛び込んできた。肩につかない程度に切り揃えられた髪。少し背が低いけれど、存在感のある姿。私は彼女と、かつてどれだけの濃密な時間を過ごしたことか。

「末広さん！」

私は大きな声を上げる。ずっとなんの連絡もしていなくて、個展をやるということすら伝えていないのに、わざわざ時間を割いて来てくれたことが信じられなかった。長いこと会っていなかった十代の頃の友人はあの頃の面影が今も強く残り、一瞬ですぐ彼女とわかった。

「エリコ、久しぶり」

末広さんは昔と変わらず、可愛らしく笑った。

私は高鳴る胸を押さえ、無遠慮に彼女の前の席に座り問いかける。

「どうやって、この展示やってるって知ったの？」

私が尋ねると、

「エリコのブログ読んでるもん」

そう言ってカラカラと笑った。

末広さんとは手紙のやり取りや、生活保護の件で電話で相談したことはあったけれど、こうやって実際に会うのは本当に久しぶりだった。二人で向かい合い、お酒を頼む。私の目の前に末広さんがいるという喜び。ああ、個展をやって本当によかった。自分の絵を見てもらいたいという気持ちから始めたのだけれど、この個展は同時に、私が私を愛する人を求めて出会いを重ねてきた格闘の総決算であり、素晴らしい人たちと時を経て再び巡り会う機会となった。私は、私がそういう場所を自分で作り上げたことが誇らしかった。

末広さんと息が切れるくらい話して笑った後、連絡先を交換して別れた。その後は個展の撤収作業をして、クタクタになって帰途に就いた。また、明日から普通の日々が始まる。でも、それは、今までとは少し違う日々の幕開けだ。私の存在が許された世界、私の居場所がある人生の始まりだ。

死の影

個展が終わって、いつものように仕事に通う。以前と少し違うのは、仕事が終わった後、毎回、白川さんと飲みに行くようになったことだ。私と白川さんはパートのため、上がるのが早いので、居酒屋がまだ開いておらず、駅前のファミレスでビールとポテトをつまみながら色んな話をした。芸術や音楽の話もしたけれど、職場の愚痴も話すようになった。歳は離れているけれど、白川さんは確実に私の友達だった。

白川さんは毎回飲み代を全額奢ってくれて、私は一円も払ったことがなかった。

「いいのよ。いつか、あなたが奢る番になるんだから」

そう言って、白川さんはカードで支払いを済ませた。

白川さんは気前が良くて、物知りで、いつも明るくハキハキとしていた。そして、手先が器用で、職場で講演会の時に使うテーブルクロスも綺麗に縫い上げた。クロスの裏側にはチェブラーシカの刺繍を入れる遊び心も持っていた。白川さんはロシアが大好きで、旅行に行ったことがあると前に教えてくれた。しかも、現在、大学に通っていて、韓国語を習っているともいう。歳を重ねても向学心に溢れ、物知りである白川さんに私は尊敬の念をいだいていた。


ある日、白川さんといつものようにファミレスで飲んでいる時、タバコの煙をくゆらせながら、彼女は口を開いた。

「どうやら、癌になったみたいなの」

私はその言葉を聞いて、胸のあたりがひやりとした。

「でも、治るんですよね？」

癌は昔に比べて、必ず死ぬ病ではなくなってきている。早くに見つけて治療すれば以前と変わらない生活を送れるとどこかで聞いた。

「もちろん、これから治療をするから、そのつもりでいるわ」

私は思わず、タバコを指差した。

「肺癌なんですか？」

私の不躾《ぶしつけ》な問いに対して、白川さんは答えた。

「ううん、肺じゃないわ。でも、もう吸わないようにする」

吸い終わったタバコを灰皿に押し付けて、そう言葉を紡いだ。私は心がシクシクと痛んでいたが、それでもどこか楽観的だった。はっきりと年齢を聞いたわけではないけれど、白川さんはまだ六十前後であろうし、そんな若さで人が亡くなる気がしなかったのだ。

「仕事は辞めちゃうけど、私の病気のことは秘密にしておいてね」

私は何度も頷いた。


白川さんはそれから本当に仕事を辞めてしまった。空席となった白川さんの机は私物が消えてしまって、元のあるじがいない寂しさが漂っていた。私は仕事が終わった後に飲みに行く人がいなくなってしまって、わびしい気持ちで一人、家路を辿った。

時々、白川さんにメールを送ってはいたけれど、あまり見ないと聞いていたので、返事は期待していなかった。それでも、あまりに返信が来ない時はこちらから電話をした。私の着信に気がついた白川さんが電話をくれた。

「今、九州にいるのよ」

あまりに唐突でびっくりしてしまう。

「え！　なんでですか？」

大声を出してしまった私に、白川さんは丁寧に説明してくれた。

「治療が上手な先生がこっちにいるっていうから、来ているのよ。まあ、ちょっとした旅行の気持ちね」

電話口で、白川さんは明るく答えてくれた。

「病気が良くなったら、また、飲みに行きましょう」

私の申し出を白川さんは快く受けてくれた。


それから月日が経って、新しい年になり、白川さんから年賀状が届いた。最近、年賀状を出すことが億劫になっていて、全ての友人に年賀状を出していなかったので、急いで白川さんに返事を書いた。年賀状の隅に「また、飲みに行きましょう！」と小さな文字で書いた。


その後、私は本を出版し、テレビに出演することになった。私はこのことを知らせようと思って、白川さんの携帯に電話をした。

「あら、小林さん。久しぶり」

電話に出た白川さんは、声が細くなっていて、とても疲れているようだった。

「お久しぶりです！　今度、テレビに出ることになって、それを伝えようと思って電話したんです」

私がそう言うと、明るい声で白川さんは答える。

「あら、すごいじゃない！　録画しなきゃ。ああ、それにしても本当にダメね。最近体力がなくなってしまって。今、寝っ転がりながら電話しているのよ」

苦しそうな声で白川さんは話す。

「そんなに大変なんですか？」

私は少し、驚いてしまった。

「ちょっと外に出ただけで疲れてしまうし。一日に一回しか外に出られなくて。ものすごく痩せてしまって体力がなくなっているのよ。太るために必死にコーラを飲んでるんだけど、なかなか太らないのよ」

私は胸の奥がカーッと熱くなった。白川さんにもう一度会いたい。元気になってもらいたい。そう思っても自分には何もできない。

「今度、飲みに行きましょうよ！　私、奢ります」

私は約束を取り付けたくて必死だった。

「でも、もう、体力がなくて電車に乗れないのよね」

悲しそうに白川さんは言う。

「じゃあ、私、そっちまで行きますよ」

私は話しながら、白川さんの息が上がっているのを感じてしまって、長く話すのは良くないと思い始めていた。

「ええ、そうね。いいお店あるから、そこに行きましょう。きっと、夏頃には体力がついていると思うの」

私は電話口で頷きながら、ひとまず会話を終えた。しかし、夏が過ぎても白川さんから連絡は来なかった。


秋頃、私は白川さんの携帯に連絡をした。しかし、白川さんは出なかった。その次の日の昼過ぎに、白川さんの番号から電話がかかってきた。私は仕事の打ち合わせ中にもかかわらず電話に出た。

「もしもし、白川の夫ですが、昨日電話をかけてくださいましたか？」

電話の相手が白川さんでないことに少し戸惑いながら、「はい」と答えた。

「白川ユミは八月三日に亡くなりました。携帯はまだ解約していなかったので、着信を見てかけさせていただきました」

私は電話の向こうの、白川さんの夫の声に耳を傾けた。白川さんは最後まで、癌が治ることを信じて闘病していたそうだ。正直、白川さんが亡くなったことが現実だと思えなかった。白川さんの夫から話を聞いた後、そっと電話を切った。目の前には打ち合わせの相手がいる。
「すみません、大事な電話だったものでつい出てしまいました。話を続けてくださ
い」
大切な友達が亡くなった知らせを受けながら、悲しむ暇もなく、仕事をしなければならないのが辛かった。白川さんの人生はいつの間にか終わっていて、そのことを知らなかった自分が情けなかったし、生き続けている自分が虚しかった。

いつか死ぬその時まで

自宅に帰って、本棚にある赤瀬川原平の展示の目録や、佐野洋子の単行本を眺めた。佐野洋子を教えてくれたのは白川さんだった。約束通り誕生日にプレゼントしてくれたのだ。そして、その言葉の通り、佐野洋子は大好きな作家の一人になった。
白川さんのお墓参りに行くべきか一人で悩んでいた。しかし、死んでしまった人の墓標の前に立って、私は何をすればいいのだろう。白川さんの夫とも面識がないし、私は白川さんと長い付き合いがある親友でもない。思い悩んでいるうちに年末になり、白川さんの夫から喪中のハガキが届いた。悲しい気持ちでそれを眺めた後、私はハガキを取り出して、白川さんの夫に手紙を書いた。一緒に赤瀬川原平の展示に行ったこ

と、目録を買ってくれたこと、個展で絵を買ってくれたこと。汚い小さな字で、白川さんの思い出をつらつらと綴った。本当は一緒にもっと色んなところに行きたかったし、話もしたかった。それはきっと白川さんの夫が一番感じていることだろう。こんなにも人に愛されている白川さんが先に逝ってしまうなんて世界はなんて、不公平なのだろう。

仕事に行く途中に、ポストにハガキを投函した。一つ息をついて、自転車のペダルを踏み、足に力を入れて前進すると、風が起こり私の前髪をなびかせる。

当たり前だけど、人は死ぬ。死ぬことはどんな人間も逃れられないことだ。末広さんもギャルハウスのみんなも、凛子ちゃんも百合子ちゃんも、私をいじめた人もいじめなかった人も、いつかはこの世からいなくなる。

そして、私もいつか死ぬ。

私は何度も自殺を試みてきて、死ねずにこの世に舞い戻ってきた。自殺を試みた時は、死ぬことに躊躇なんてなかった。けれど、生き延びてからはずいぶん良い人に恵まれたと思う。もし、私の自殺が成功していたら、この世界に私を愛して受け入れてくれる人が存在することを知らないままだっただろう。私は神様や運命を信じていないけれど、もし、そういった力が存在するとしたら、残された私の命は神様からの贈り物といっていい。

自転車を降りて大地に足をつけると、アスファルト越しに熱を感じる。暦の上では秋だけれど、まだ半袖が手離せない。強い日差しが全てに降り注ぐ。私はずっと世界は平等ではないと信じていた。しかし、もしかしたら、そうではないのかもしれない。お金も地位もない私だけれど、信じる人や愛する人ができた。

自転車置き場で、伸びる自分の影を見ていると、幼い頃を思い出す。迷子になって知らない街に迷い込んだ時、家への帰り道がわからず、大声で泣き続けていたこと。夕暮れの知らない街で大人たちは私の存在がないかのように通り過ぎていくので、自分が透明人間の気がして不安になった。泣くことに疲れてしまったが、泣くのをやめたら家に帰れなくなると思い、頑張って泣いていると、見ず知らずのおばさんが警察署に連れて行ってくれた。私を警察署に預けると、おばさんは一旦外に出てまた戻ってきた。お腹が減っているだろうとどこかの店で菓子パンを買ってきてくれたのだ。私は警察署の椅子に座りながら、おばさんが買ってくれた生クリームとさくらんぼの入った甘いパンを頬張った時、世界はそんなに悪いものじゃないと知ったのだ。

これから先の人生も絶望や裏切りが待ち構えているだろう。けれど、その横に何か素敵な贈り物がそっと置かれているのを私は知っている。そのプレゼントのリボンを解くまで、まだ私は死ねない。

おわりに

孤独と恐れを抱いて、人とともに歩む

現在、私はカウンセリングに通っている。自分の過去を語った後、カウンセラーがぽつりとこう呟いた。

「孤独だったんですね」

その言葉を耳にして、私は喉の奥に何かが詰まり、次の言葉を繋げなくなった。自分が孤独だということは薄々感じていたけれど、それを認めたくなかった。カウンセラーに話しているのは主に小学校から中学校にかけてのことなのだが、他人からすると、当時の私は一人ぼっちで頼る人がいない状況だったのだろう。好きな人に年賀状を送って、それをクラス中にバラされても、そのことを慰めてくれる友達はいなかったのだから。

その代わり、ペットのインコには深い愛情を注いでいた。当時の私の気持ちを言葉にするなら「人間なんて信用できない。動物の方が素直で優しい」であった。

中学校では最初の頃、いじめに遭ってはいたが、三年生になってからようやくクラスメイトと話ができるようになり、初めて凛子ちゃんという親友ができた。「親友」と確認し合ってはいないけれど、私はそう信じていた。だから、高校生になり、彼女が新しい友達を作って、私と遊ばなくなってしまった時、「裏切られた」と感じた。まだ子供であった私には、親友を失うというのは心が死んでしまうくらいショックで、不安が強くなっていった原因の一つだった。

子供の頃、世界はとても狭かった。

茨城県の利根川の下流にある小さな街で生まれ育ち、デパートもなく、イトーヨーカドーが世界の中心だった。そんな街にある小学校が生活の場で、三十人かそこらのクラスメイトが自分の人生を左右していた。

クラスの中でうまくやることは難しく、私の頭の中では「学校に行きたくない」がコーラスのように響いていた。それと同時に、寂しくてどうしようもない気持ちもあった。どんな人間だって、一人で生きるのは辛い。クラスで下を向いて、周りのことなんて気にしないように強がっている子も心の中では泣いている。

存在するのが辛い場所からは早く逃げるのがいい。それが無理だとしたら、少し我慢して時間が経つのを待つといい。そのうちに周りの環境が変わり、いつの間にか違う場所に立っているというのはよくあることだ。私も辛くて仕方ない時は時が経つのをただひたすら待っていた。

私の好きな言葉に「無常」という言葉がある。川の流れには一つとして同じ瞬間はない。常に動き、姿を変えている。私たちの人生も進んでいないように思えても、実際は次々と姿を変えて進んでいるのだ。そして、足元の世界はどんどん広がっている。生き続けることで、新しい人と出会うことができ、新しい喜びが生まれる。そして、気が合う人との出会いはそれだけで生きる勇気になる。

私は今、死なないで良かったと感じることが増えた。新しい友達、新しい仕事。新しい街。目の前に置かれた数ヶ月分の処方薬を口に放り込んでいる私には未来が見えなかった。あの頃の私に教えてあげたい。今を乗り切れば素晴らしい未来と出会いが待っているということを。

もちろん、辛い出会いもあったし、思い出したくない恋もある。この本の最初に書いた峰田君の話は、今まで誰にも話していない。恥ずかしすぎて一生誰にも話さないでおこうとしたけれど、歳をとった今、ようやく表に出す勇気が出た。これでやっとこの恋心が成仏した気がする。

美術サークルの部長のことも本当に好きだったので、当時は死んでしまった方が楽なくらいだったが、結局死ぬことはなかった。部長の方からいつか連絡が来るのではないかと甘い期待をしていたが、彼の方から連絡してくることはなかった。

生まれてきて十数年しか経っていない頃、私はとても不安だった。

他人に馴染めず、一人でいることが多かったせいか、自分の輪郭がぼやけて見えないのだ。自分がどんな人間かというのは、人と対話し、関わり合うことで見えてくるもので、一人だけでは自分が何者なのか、どうやっても見えてこない。見えたとしても、大きく見えすぎたり、小さく見えすぎたりして、正確な形にはならない。他者と語り、価値観を分かち合い、世の中の出来事を共有し合うことで、私たちは社会的な人間になることができる。

私にとって友達が必要だった理由はもう一つある。それは私が家族から愛されていなかったということだ。私の家庭は機能不全家族で、父が暴力を振るい、母はされるがままで、兄は長男ということで自由に生きていた。家族の歪みは全て私に向かっていて、長い間、安心や安全を知らないで育ってきた。

友情には力や暴力による支配がないので、それはとても居心地が良かった。中には力を使ってこようとする人もいるが、そういう時は頑張って縁を切るようにしている。自分の気持ちを無視してまで続ける友情にはなんの意味もない。お互いが傷つくだけだ。

色々な人と知り合う中で、私は本当の友達にたくさん出会うことができた。自分が描く絵を親は褒めてくれなかったけど、友達は褒めてくれたし、個展にはたくさん人が来てくれた。私は家の中での居場所をずっと求めていたが、それは間違いで、本当に安心できる関係や場所は家の外にあると、ようやく気がついた。

私の家庭の構成員は父と母と兄と私の四人きりだが、家の外に出ればたくさんの人に出会える。私は家と学校ではうまくやれなかったが、外の世界にはもっと多くのコミュニティがあり、色々な考えを持った人がいる。

私は自殺未遂を四回している。理由は精神疾患や貧困であるが、もっと大きな理由は孤独であること、一人ぼっちで寂しいということを伝える相手すらいないということだ。

私は死んでもおかしくなかったのだが、奇跡的に息を吹き返した。生き返った時は、心の底から後悔するし、医療従事者に対して「なんで死にたい人を死なせてくれないのだろう」という疑問や不満が噴き出すが、今思うと、彼らには感謝しかない。私の命を助けてくれた人たちが、今の私の活動を知っているかどうかは定かではないが、彼らの仕事は死にかけている人に未来を与えることなのだ。

もちろん、未来というのは誰にも中身がわからない。未来の箱を開けても丸めたティッシュや食べ終わったお菓子の袋くらいしか入っていない可能性もある。しかし、よく探せば輝くような何かが入っているかもしれない。

死ねない私は恐る恐る未来の箱を開け、少しずつ前に進み始めた。人に与えられた「人生」という箱にはゴミと宝石が両方入っていて、生きることとは、その中から宝石を探し出す作業なのかもしれない。

紙屑や潰れたペットボトル、破れた衣類が隙間なく大地を覆い、捨てられたビニール袋の裂け目から生ゴミが飛び散っている。目の前にそびえるゴミの山からは白い煙が立ち上っていて、空には大きな黒い鳥が飛んでいる。

ひどい悪臭が鼻を突き、思わず眉間に皺を寄せる。私は重たい足を上げて、一歩踏み出そうとするがなかなか前に進む気持ちにならない。ふと足元に目をやると腐ったバナナが真っ黒になって溶け始めていた。

私は心の中で呟いた。

「人生は地獄だ」

遠くの方では人々の怒鳴り合う声が聞こえるが、疲れ切っているので、そちらへ視線をやる気も起きない。灰色の空はどこまでも続いている。足を踏み出そうとするが、重心を崩してその場に倒れ込む。

しばらくして重い瞼を開けると、目の前のゴミの隙間から新芽が萌え出ていた。よく目を凝らすと、ゴミの間からチラホラと緑が見える。この世界は死んだと思ったけれど、いまだに息をしていて、新しい何かを生み出そうとしているのだ。上半身を起こし、右手を大地につけた時、光る石を見つけた。私はそれを摑み取り、衣服で丁寧に拭った。それはキラキラと光り、周囲の空気を震わせている。私はその石を胸に抱き、ゆっくりと一歩、また一歩と歩き出す。この世界には、まだ光り輝く何かが眠っているのかもしれない。

人生という存在の前では、私たちは赤子のようなものだ。なにしろ、まだ人生を1

回も生き切っていないのだから。危なっかしい足取りで一歩を踏み出す。その時には横に友達がいて、そっと手を引いてくれる。

「大丈夫?」

「大丈夫だよ」

視線で合図を送り、湿った温かい手を握り、私たちはそっと歩き出す。その人がいなくなってしまったら、他の誰かの手を取ればいい。誰も見つからなかったら、大声で泣けばいい。無力な私たちはお互いの手を取り合いながら、時には自分のパンを分け与えながら、人生を歩いていく。怖がらなくていいのだ。みんな怖いのだから。